絵のない絵本

アンデルセン
川崎芳隆＝訳

角川文庫
16287

目次

ただ灰色《はいいろ》がかった森やみどりにけむるおかのかわりに、地平線をつくっているのは、ただえんとつだけで、ひとりの友もむろんのこと、あいさつをかわす知りあいの顔さえなかったのだから。

ある夕方のこと、わたしは、しみじみと悲しくなって、窓のかたえにたっていた。それから窓をひらいて外を見た。ところが、そのときの、たとえようもないよろこびといったら！　見なれた顔にあったのだもの。まるいなつかしいひとつの顔に、ふるさといらい、だれよりもしたしかった友だちの顔に。それは月であった。なつかしい昔ながらの月であった。沼《ぬま》をかこんだやなぎの葉ごしに、こちらをのぞいたあの夜と、ちっともかわらぬ月であった。その方へ、投げキッスをおくったら、月はしんしんとへやのなかまでさしこんできた。それからまいばん外へ出かけるそのおりには、わずかの時間ではあるけれど、わたしのへやへ立ちよろうと、やくそくしてくれたのだった。そのときからきちょうめんに、このやくそくはまもられている。でも、ざんねんなことに、月のとどまる時間といったら、それこそみじかい間なのだ。でいながら、たずねてくれるたびごとに、前の夜か、そうでなければその夕方、目で見た話をいろいろと、かたって行ったものだった。

「いいかい、僕《ぼく》のお話を、ちゃんとりっぱな絵にしてみたら」はじめてやってきたそのばんがた、月はわたしにこういった。

「そしたら、ほんとうに美しい絵のご本が、できあがるだろうよ」と。

いく晩ものあいだ、わたしは月のすすめるとおり、こつこつものをかきつづけていった。わたしはわたしのりゅうぎで、絵にまとめあげた、あたらしい『千一夜ものがたり』を出すこともできたであろう。でも、おそらくは、あまりにもぶあつなかさになりすぎたのではあるまいか。わたしが絵にしたものがたりは、けっしてえりすぐったものばかりではなくて、話にきいたそのままを、ただもうならべ立てたにすぎないからだ。えらい天才のえかきか詩人、それとも音楽家のたぐいならば、もっともっとりっぱなものを、つくりだすこともできたであろう。もしもあのひとたちが、そうした気持ちにさえなるならば――だが、わたしがお見せする絵といえば、紙にかいたとりとめもないスケッチと、たかだかあいまにさしはさんだ、わたしだけの考えだった。というのは、まい夜きまってあの月が、たずねてきたわけではなくて、ときには、ひときれふたきれのまっくろい雲にふさがれる夕方だってあったのだから。

第一夜

『ゆうべのこと』――これは月が話したことばである――『ゆっくりとわたしはインドのすみきった大気のなかをすべりながら、ガンジス河《がわ》*のながれる水に影《かげ》を落としていたのです。わたしの光がさしこもうとしていたぶあついいけがきは、からみあうすずかけの老木からできていて、ちょうど、かめのこうらのようにぽってりふくれておりました。

　と、そのとき、しげみのなかからかもしかみたいに身もかるく、イヴ*のように美しいインド娘《むすめ》がただひとり、ひょっこりすがたをあらわしました。その娘のからだつきは、なにかこう、なよなよとやさしいようすでありながら、まるまるとはちきれんばかりに見えましたので、わたしは娘の考えを、うすいひふごしに、のぞくことさえできそうでした。足のぞうりはとげ草に引きさかれていましたけれど、娘はぐんぐんと前の方へ進んでまいります。かわいたのどをうるおして、河からあがってきた猛獣《もうじゅう》が、おずおずかたえをかけぬけて行きます。というのは少女の手にランプの火が、あかあかもえて、それを守ろうと傘《かさ》のようにかざしたほそい指の血が、わたしの目にもいきいきうつっておりましたもの。河の方に近づくと、水の上にランプを置きます。と、それはすべるように水の上を、河しもめざして流れて行きます。ほのおが風にはたはたゆれて、いまにも消えそうに見えたのですが、でも、ランプはなおももえつづけています。そのあとを追いながら、少女の黒い火みたいな目が、絹のようなながいまつ毛のおくから、心をこめて見おくっています。もしも、ランプのほのおが目に入るかぎりもえつづけてくれるならば、思うひとはまだ生きているのだし、もしもその前に、消えるようなことがあったら、あのひとはもう世にいないということを、娘はよくよく知っていたからです。でも、なおもランプは、ほのおをあげあげ、ゆらめいていました。心がかっかともえて、なにかしらふるえるような気持ちです。娘はつとひざまずき、おいのりをあげました。かたわらの草のなかには、ぬめぬめとつめたいへびが横たわっていたのに、娘はただもう梵天《ブラーマー》＊さまと、おむこさんのことしか、考えてはいませんでした。

「あのひとは生きている！」と、思わずもよろこびの声があふれてきました。すると、いっせいに山の峰々《みねみね》から、こだまがかえってくるのです。
「あのひとは生きている！」――と』

＊ガンジス河　インド一の大きな川。ヒンズー教の信者にうやまわれている。
＊イヴ　人類最初の女性の名前。アダムの妻。旧約聖書に出る。
＊梵天さま　ブラーマー。インドで、あらゆるもののもととなる神さまの名。

第二夜

『きのうのことでした。わたしは家なみにかこまれた中庭を、のぞきこんでいたのです』と、月はつぎのようなお話をした。

『そこには、十一羽《わ》のひなをつれためんどりがいて、そのまわりをちっちゃい、きれいな女の子が、かけまわっていました。めんどりはなき声をたてたて、心配そうに羽をひなの上にひろげています。するとそのとき、女の子のお父さんがやってきて、子供をしかりつけました。で、わたしは、そのまま先へ先へと進みながら、もうそのことは、考えてもみなかったのです。でも今夜、ほんの二、三分前のこと、わたしはもういちど、同じ中庭の上に立っていました。庭はそれこそ、ことともしないしずけさでしたが、まもなくあの少女が出てきました。子供はぬき足さし足で、とりごやの方へしのびより、とっ手をまわして、にわとり親子のそばへ近づいてまいります。にわとりたちは、こけこっこうとなきわめきながら、とりごやのまわりを、ぱたぱたとかけまわっていました。そのあとから、せっせと追いかけている子供のすがたを、わたしはもうはっきりと見たのです。だってわたしは、土べいにあいた孔《あな》のなかから、じっとのぞき見していたのですからね。わたしもこのおてんばの小娘《こむすめ》には、すっかりはらをたててしまいました。ですから、まもなく父親があらわれて、きのうよりももっとこっぴどくしかりつけ、小娘の腕《うで》をぎゅっとにぎったのを見たときには、とてもうれしい気持ちになったのです。子供は顔をあおむけにしました。そして、その青い目には大つぶのなみだが光っていました。

「そこでなにをしてたんだ！」と、父親がたずねました。

娘はおいおい泣いています。

「あたい、とりごやんなかへはいるつもりだったのよ」と、女の子はいいました。「めんどりにキッスして、きのうのことをおわびしたいと思ったの。でもそのこと、パパにはどうしてもお話できなかったんですもの！」

そこで父親は、このむじゃきな、かわいい子供のひたいにキッスしてやりました。わたしですか？　わたしもその子の目と口に、キッスしちゃいましたよ』

第三夜

『ここの、すぐとなりにあるせせこましいろじの中で――そこはわたしの光が、家のかべぞいに、ほんの一分間そこいらしか、すべっておれないくらい、手ぜまな通りでしたけど――でも、そのあっというまに、ここをぶたいに動いていく世の中のすがたが、もう十二分にわかるのでした――わたしは、ひとりの女にあったのです。十六年の昔、ちいさな子供であったそのひとは、町はずれの、畠《はたけ》にかこまれた古い牧師館の中庭で遊んでいました。ばらのいけがきはもうとっくにとうが立って、花をさかせるめどもなさそうでした。ばらの木は、坂道の外までおいしげり、長い小枝《こえだ》を、りんごの木のなかまで、はいのぼらせていましたもの。ばらの花は、ただあちらこちらにちらほらとさいているだけで、花の女王にふさわしい、あでやかさは見られもしませんでしたが、それでも花の色香《いろか》は、まだほのぼのとにおいわたっていました。わたしには牧師館の、ちっちゃなおじょうさんのほうが、どれほどきれいなばらに見えたかしれやしません。その子は、めちゃくちゃにのび広がったいけがきのかげにかくれた足台にすわって、頬《ほお》のくぼんだあつ紙の人形にキッスしていました。十年たって、その子と二度目にあったのは、目ざめるばかりにはなやかな舞踏室《ぶとうしつ》のなかでした。女はお金持ちの商人の、美しく着かざった花嫁《はなよめ》だったのです。わたしは女の幸福をよろこんで、静かな夕方をいくどとなくおとずれていきました。でもたれひとり、わたしのくもらぬ目、わたしのたしかな目のことを、考えてくれたものはいません！　わたしのばらも、牧師館の庭にさいた花のように、とりとめもなく若枝《わかえだ》をのばしていきました。その日その日のくらしにさえ、それぞれに悲しいできごとはつきものなのです。きょうの夕方、わたしは最後の場面に行きあいました。女はあのむさくるしい住まいのベッドにねこんだまま、あすをも知らぬ命でした。すると、みよりといえば、ひとりしかないいじわるものの宿のていしゅが、ベッドのふとんを手あらくひんむいて、

「おきろ！」と、どなりつけました。

「そんな不けいきな顔してちゃ、お客さまのほうからにげちゃうぜ。さあ、おめかしするんだ！　お金をもうけるんだ！　さもないと、町の外へたたき出すぞ！　すぐにおきろ！」

「胸のなかに死に神がいますのに！」と、女はいいました。

「どうか、このまま休ませといてくださいな！」

でも、ていしゅは女をベッドから引きずり出し、頬におしろいをぬったり、髪《かみ》にばらなどあみこんだりして、窓のそばへすわらせると、ランプをすぐそのかたわらに置いて、へやから出ていきました。わたしは女の顔を見つめていました。女はその場に、じっとすわりつづけています。手がひざの上に落ちかかってきました。ひとしきり風が、どっとばかり窓をはねかえして、窓ガラスを一枚、ふっとばしてしまいましたが、でも女はしずかにすわったままなのです。カーテンがゆらめく焔《ほのお》のように、女のまわりで鳴っていました。女は死んでいたのです。あけっぱなしの窓口から、死んだ女がお説教していました――牧師館の中庭にさいた、わたしの美しい、あのばらが！』

第四夜

『――こよいはね、ドイツのしばいごやにいましたよ』と、月はいった。

『それはちいさな町のできごとで、一けんのうまやをしばいごやにつくりかえたものでした。ですから、仕切りもそのままにかざりつけをして、さじきになっていたのです。板壁《いたかべ》や柱などには、ひとつのこらず五色の紙がはりめぐらされ、ひくい天じょうからは、ちいさい鉄のシャンデリアがしょんぼりとさがっていました。ぶたいうらの鐘《かね》が「りいーん、りいーん」と鳴りひびくやいなや、するすると引きあげられるようにと、さかさにした手おけがその上にはめこんであるところは、ちょうど大きな劇場《げきじょう》の場合にそっくりでした。「りいーん、りいーん」と鐘が鳴っています。とたんに、ちいさな鉄のシャンデリアが、一尺《しゃく》ばかりもとびあがって、いよいよおしばいがはじまるのがわかりました。旅のとちゅう、その町を通りすぎるわかい侯爵《こうしゃく》夫妻が、このおしばいを見物しようと来ていらっしゃいました。こよい小屋がはちきれんばかりになったのは、このようなわけあいがあったからです。ただシャンデリアの下だけが、いわばちいさな噴火口《ふんかこう》みたいになっていました。ろうそくのあぶらが、たえずぽとりぽとりと落ちてくるせいで、ここにはだれひとりすわるものがなかったのです。わたしはそうしたありさまをひとつのこらず見ていました。というのは、小屋のなかがあんまり暑かったので、かべの小窓《こまど》という小窓は、ぜんぶあけはなたねばならなかったからです。へやの中にがんばったおまわりが、しきりに棒《ぼう》でおどかしてはいましたが、外からはそれらの小窓ごしに、貧しい男女のひとたちがのぞきこんでいました。オーケストラのすぐ前の、ふたつならんだふるぶるしいひじかけ椅子《いす》には、わかい侯爵とその奥方《おくがた》のすがたが見えていました。いつもなら、それは市長夫妻のすわる椅子でしたのに、今夜は夫婦《ふうふ》ともほかの市民どうよう、木のベンチにこしかけなければなりませんでした。「上には上があるものね！」と女たちが声をおとしてささやきあっていました。それでなにもかもなおいっそう、おおげさなものになりました。シャンデリアがとびあがり、びんぼう人たちはおしかりを受けました。そうして月のわたしは――このしばいがはねるまで、ずっといっしょに見ていました』

第五夜

『きのうは動乱《どうらん》のパリーを見おろしたものです』と、月はいった。

『わたしの目は、ルーヴルの宮殿*のへやべやまでも、のぞきこんだのですよ。おばあさんがひとり——貧しい階級の女でしたので、えらくそまつなみなりをしてましたっけ——身分のひくい番人みたいな若者につれられ、ひとけのない玉座《ぎょくざ》の広間へ、はいってきました。おばあさんは、この広間を、じぶんの目で見たいとねがっていたのです。ここまでこぎつけるには、いろいろとやっかいな手すうもかけ、けっこうむだ口もきかねばなりませんでした。やせこけた両手をあわせて、どこか教会のなかにでも立っているように、おばあさんはおごそかな様子で、あたりを見まわしました。

「ここんところだったんだね」と、そのひとはいいました。

「ここんところだよ！」

そういいながら、きんのレースのついたビロードが、ゆったりとたれさがっている玉座の方へ近づいていきます。

「そこだよ！　そこだよ！」と、おばあさんはいいました。それからひざまずいて、まっかなじゅうたんにキッスしたのですが――なんだか泣いているみたいな様子でした。

「このビロードじゃなかったよ」と、番人がいいました。そして男の口もとには、にんまりとわらいのかげがただよっています。

「だってここだったじゃないか」とおばあさんはそういいました。

「ここだったみたいな気がするんだけどね！――」

「そうかなあ」と、男は答えました。

「でも、そりゃちがうんだよ。窓はこなごなにたたきこわされ、ドアーはぶち破られてね、床《ゆか》の上には血が流れてたのさ――でも、あんたはこういったっていいんだよ――わしの孫は、フランス王国の玉座の上で死んだのだってね！」

「死んだ！」と、おばあさんはくりかえしてそういいました。それからは、もうひと言も話し声はきこえなかったようです。ふたりはまもなく、そのへやから出ていきました。たそがれの光が、しだいに夜の色にかわってきます。わたしの光は二倍もあかるく、フランス王国の玉座をおおう、ぽっこりとふくらんだビロードに照りかがやいていました。あなたはそのおばあさんをいったいだれだとお思いになりますか？

——

ではひとつ、お話してあげましょう。七月かくめい*のあった勝利の日の夕方でした。この日は、家という家がトーチカ*となり、窓という窓がとりでとなっていたのです。人民はチューレリーのごてん*へおしかけていきました。女、子供でさえも、いっしょにたたかっていました。彼らはお城のへやの広間へ、なだれをうっておしかけたのです。ぼろをまとった、まだおとなにもなりきれない貧しい少年が、年上の男たちにまじって、勇ましくたたかっていたのですが、サーベルであちらこちら切りつけられた傷にたえかね、とうとう床の上にうちたおれたのでした。それは玉座のある広間のできごとでしたから、ひとびとは血にそまったその子供を、フランス王国の玉座に横たえて、その傷をビロードのきれでおおってやったのです。血は王さまのまっかなクッションをそめて流れていました。それは、ほんとうに絵みたいな光景でした！　きらびやかな大広間とたたかうひとびと！　折れた国旗のさおが床にころがり、三色旗*がサーベルのさきにひるがえっていました。そして玉座の上には、色あおざめ、おごそかな顔をした貧しい少年が、目を天井《てんじょう》にむけたまま、手足をだんまつまのたたかいに、ぴくぴくとふるわせています。むき出しの胸とみすぼらしい着物──そのふたつをなかばおおいかくした豊麗《ほうれい》なビロードのきれには、銀糸のゆりが*ぬいこんでありました。かつてこの子は、ゆりかごのそばで、こんなふうならうらないのおつげを受けたことがあったそうです──「いつの日かフランス王国の玉座の上で死ぬであろう!」と。ですからおかあさんは心ひそかに、第二のナポレオン*をゆめにみていたのです。わたしの光は、子供の墓石にのせられたむぎわらぎくの花環《はなわ》に、キッスしました。それから晩方には、老いさらばえたおばあさんのひたいにもキッスをおくってやりました。そのときおばあさんは「フランス国王の玉座にねむる貧しい少年」とでも題して、いまあなたがえがくこともできるその絵を、ゆめのなかに思いうかべていたのでしょう!』

*ルーヴルの宮殿　昔のフランス王宮。現在は国立美術館になっている。
*七月かくめい　一八三〇年七月、シャルル十世の政治に反対してパリに起こった革命。
*トーチカ　コンクリートで固め、内がわに機関銃《きかんじゅう》などをそなえた陣地《じんち》。ここでは要塞《ようさい》の意味。

＊チューレリーのごてん　ルーヴルの近くにあったフランス王室の離宮《りきゅう》。
＊三色旗　フランス革命軍の旗。現在のフランス国旗。
＊銀糸のゆり　ゆりはフランス王室の紋章《もんしょう》。
＊ナポレオン　一七六九―一八二一。最初は革命軍に属して王制を倒《たお》したが、次々に内部の対立者を除いて一八〇四年にはフランス皇帝《こうてい》の位についた。のちロシアと戦って敗れ、退位してエルヴァ島に流された。二年後ふたたび帝位にもどったが、ワーテルローの決戦に敗れてセント・ヘレナ島に没《ぼっ》した。

第六夜

『ウプサラ*に行ってきたんですよ』と、月はいった。

『しなびた草がちょろちょろとはえ、やせた土地がずっとつづいた大平原を、見おろしてたんです。わたしの影《かげ》はフューリス河《がわ》*にうつって、その間にも川じょうき*は、魚のむれをあし草のなかへ追いこんでましたっけ。わたしの足もとでは、いくつもいくつも雲が走って、俗《ぞく》に三つの丘《おか》とよばれるオーディン、トール、フライアー*の墓に、長い影をおとしていたのです。丘をおおううすくしなびたしば草のなかに、いろんな名前がほりこんでありました。そこには、旅人が名前をきざむ記念碑《きねんひ》もなければ、その顔かたちをえがいてもらえる岩かべもありませんでしたので、いきおい、ここをおとずれるひとは、土地のしば草を刈《か》りとらせるようになったのです。はだかの大地が、大きな文字と名前になって、ぐっとうかびあがっていました。それは、大きな巨人《きょじん》の墓の上にはりめぐらされた、ひとはりの網《あみ》をつくっていたからです。いうならば、くる年ごとにあたらしくそだちゆく、雑草をおおった「不滅《ふめつ》なもの」のすがたではなかったでしょうか。その丘のかみてに、ひとりの歌手が立っていました。彼は広い銀の輪のついた蜜酒《みつしゅ》*のさかずきをのみほしながら、あるひとの名前をささやき、それを他《ほか》にもらさないようにと、風にたのむのでした。でも、その名はわたしの耳にとまり、ひとりでに相手のひとを知りました。名前の上にはある伯爵《はくしゃく》の名誉《めいよ》がきらめいていたものですから、歌手の声はつい低くなったのでしょう。わたしの頬《ほお》に、おのずとほほえみがこぼれてきます。そのひとの上には、詩人の名誉がかがやいていたのですもの！

エレオノーラ・フォン・エステ*のけだかさは、タッソー*の名に結びついていましたから。「美のばら」がどこにさくかということも、わたしには、よくわかっていたのですよ！――』

こういったとき、ひときれの雲が月の行く手をふさいだ。願わくば、詩人とばらのあいだには、どのような雲もわりこまないでもらいたいものだと、わたしは思う。

＊ウプサラ　スウェーデンの一地方。バルト海に面している。

＊フューリス河　ウプサラをつらぬいて流れている川。
＊川じょうき　蒸気船のこと。
＊オーディン、トール、フライアー　ともに北方伝説に出てくる神さまの名。
＊蜜酒　蜜から作った酒。ヨーロッパでは古くから飲まれている。
＊エレオノーラ・フォン・エステ　詩人タッソーを保護したイタリアの貴族アルフォンゾ卿《きょう》の妹。
＊タッソー　一五四四—一五九五。イタリアの詩人。エレオノーラに恋《こい》して破れ、不幸な生涯《しょうがい》を送ったと言い伝えられる。

第七夜

『なぎさにそってにおいもたかいもみとぶなの森がありました。そこには来る春ごとに、数百羽《わ》の夜鶯《ナツハチガル》*がたずねてきます。すぐ近くには海があり、はてもなくすがたをかえるその海との間には、広い国道が走っていました。がらがらとわだちの音もにぎやかに、車はつぎつぎに通りすぎては行きますが、それでも、わたしはそのあとを追おうとはしません。わたしの目は、たいてい、たったひとつのところにしか、とまってはいませんでしたから。それは巨人《きょじん》の墓*のあるあたりで、石の間にはくろいちごのつると、こけももの木がはえていました。ここの自然には詩があったのですけれど、人間はそれをどのように理解しているのでしょうか？　それはともかく、いま、わたしがそこで聞いたことを——きのうの夕方から夜にかけてきいたことを、ひとつ話してあげましょう。

いっとうさいしょに車をのりつけたのは、ふたりのお金持ちの農民でした。

「こりゃまたみごとな木もあるもんじゃのう」と、そのなかのひとりがいいました。

「一本ごとに、およそ十駄《だ》*のたきぎが取れはしないかな」と、もうひとりの男が答えました。

「ことしの冬は寒かろうに――。去年は一駄について、十四ターレル*がとこもうけたのう！」

そういうと、ふたりはそのまま、先の方へ車を走らせていきました。

「ここいらの道ときたら、なんてまあひどいこっじゃろうなあ」と、あらての馭者《ぎょしゃ》がいいました。

「みんな、こいつらいまいましい木のせいじゃよ」と、同輩《どうはい》の男が答えました。

「ここじゃ、海がわからふくときのほか、かわいた風も来やせんからに！」

こういいながら、彼らもごろごろと通りぬけていきました。

つづいて郵便馬車《ゆうびんばしゃ》もやってきました。でも、かんじんのいっとうけしきのよいところにさしかかったじぶんには、お客はみんなねむりこんでいました。馭者はほろほろとつの笛《ぶえ》をふき鳴らしましたが、そのとき頭にうかんだ考えは、ただこれだけでした。

「おれの笛ときたら、まったくもってみごとなもんじゃわい。ここでも笛はほろほろうなあ？」

とひびきおった。でも、いったいあの木のやつらときたら、なんてことぬかすじゃろ

そこへふたりの若者が、うまをとばしてやってきました。

「ここいらの命のなかには、わかさとシャンパンのにおいがまじってるな」と、わたしは考えました。ふたりの若者はくちびるにほほえみさえうかべて、草にうずまった丘《おか》と、黒いしげみの上を見つめていました。

「このあたりを、粉屋《こなや》んちのクリスティーネといっしょに、歩いてみたいなあ！」と、ひとりがいいました。そうしてふたりは、そのまま先の方へかけぬけていったのです。花の吐息《といき》はくんくんとにおい、そよかぜのそよぎも立ってはいません。海はあたかも、ふかい谷間の上にはりめぐらされた大空のひと切れみたいに、見えていました。

一だいの車が通りかかり、なかには六人のひとびとが乗っていました。そのうち四人までは寝《ね》こんでいたのですが、五人めの男は、夏の上衣《うわぎ》がはたしてよく似合うだろうか、と考えています。すると、六人めのひとがくるりと馭者のほうを向いて、ここの岩山には、なにか変わったものがあるだろうかと、たずねかけました。

「いいえ」と、馭者は答えました。

「ありゃただの岩山ですがね、でも、この木はたいしたもんですよ」

「では、その話をしてくれないか！」

「ようがす、こりゃもうたいしたものでしてねえ、だんな。冬場、雪がふかくなったらさいご、あっしには、あすこの木立ちがりっぱな道しるべになるんでさあ。これをたよりに、海んなかへつっこまないよう、まあ、まっすぐに行けるってわけですから。だもんで、だんな、あの木立ちは、まったくたいしたもんですよ！」

こういいながら、その馭者も先の方へ車を駆《か》っていきました。

すると、ひとりのえかきがやってきました。ひとみがきらりとひかっています。なにひとつ口もきかず、えかきは口笛をふきました。すると夜鶯《ナツハチガル》のなき声が、つぎつぎに高まっていきました。

「やかましいぞ！」えかきはそうどなり、いろいろな色や調子を、できるだけくわしくかきとめました。

「青に、すみれに、濃《こ》いめのかっ色か！」たぶん、みごとな絵ができあがることでしょう。鏡にうつる影《かげ》のように、えかきはそれらのけしきをうつし取ったのですもの。

そして写生しながら、ロッシーニ＊の行進曲をふきならしていました。

いっとうおわりに来かかったのは、ひとりの貧しい女の子でした。巨人《きょじん》の墓のそばにひと休みしようと、その子は肩《かた》の荷物をおろしました。青ざめた美しい顔が、なにかこううかがうように、森のほうへむけられて、目のきらめきは、海原《うなばら》はるか大空のなかを見あげているといったふぜいなのです。両手をくみ合わせていたところからみると、きっと神さまにおいのりしていたのでしょう。その子の胸をつらぬきながれた感情のことは、彼女じしんにもはっきりとは理解できなかったのですが、でも、わたしはよくわかっていました――この瞬間《しゅんかん》と彼女をとりまくこの自然の思い出は、たとい数年ののちになっても、かならずやこの子の眼前にありありと、よみがえるばかりではなく、あのえかきがかぎられた絵の具で、紙の上にえがきえたすがたよりも、はるかに美しく正確に、思いだされるであろうことも――。わたしの光は、ずっと女の子のあとをつけていきました。するとやがて朝やけの光が、そのひたいにせっぷんをおしつけたのでした』

＊夜鶯　ナイチンゲール。ナッハチガルはドイツ語読み。
＊巨人の墓　大きな石で作った昔の墓。メンヒル。

＊十駄　一駄は一頭の馬に積めるだけの量。
＊ターレル　今から百年ほど前までヨーロッパ各地で使われた銀貨。
＊ロッシーニ　一七九二―一八六八。イタリアの作曲家。「セビリアの理髪師《りはつし》」「ウィリアム・テル」などの歌劇で有名。

第八夜

重たい空をおおって、月はいっこうにあらわれそうにもなかった。わたしは二倍もさびしい気持ちにおそわれて、わたしのちいさなへやに立っていた。するとひとみは、いつもならばあの月のかがやくはずだと思われる大空のあたりに、向かうのだった。わたしの思いは、遠くあちこちへとさまよいながら、夜ごとあんなに美しい物語を話してきかせ、さまざまな絵すがたを見せてくれた偉大《いだい》な友だちの方へと、ただよっていった。まこと、月の知らないものは、なにひとつありはしない！　そのむかし、月はノアの洪水《こうずい》*の上を、帆走《ほばし》るように動いていた。そうしていまわたしにおくるそのほほえみを、箱舟《はこぶね》のひと*に投げかけながら、いつかは花のようにさき出るであろう新世界のなぐさめを、あたえてやったのだった。あるいはまた、なみだにかきくれたイスラエルの国民《くにたみ》*が、バビロンの水べにすわっていたときも、たて琴《ごと》のかかったやなぎの間から、うらがなしそうな顔をのぞけていたのは、やはりこの月であった。ロメオ*がろだいによじのぼり、天使のように神聖なせっぷんを、大空めがけて投げかけたときにも、月は黒いいとすぎのかげになかばかくれて、すきとおるような大気のなかにただよっていた。セント・ヘレナ島の英雄＊が、さびしい岩山のいただきに立って、大海《おおうな》原《ばら》を見わたしたおりにも、月はその頭上にかがやいていた。その間、彼の胸中《きょうちゅう》を去来したものは、海をものみつくすたくましい野望《のぞみ》の数々であった。まこと、この月はどんな話でも物がたることができる！　月から見れば、この世の生活など、ほんとうにひとこまのおとぎ話にしかすぎはしないのだから。むかしながらの友よ、こよいは君にあえないし、君のおとずれを記念するひとかけの絵もかくことはできない！　でも、こんな思いをゆめのように考えながら、ふと雲の方を見あげた瞬間《しゅんかん》、そこら一面にぼんやりとほのめくかげがあった。それは月のかぎろいにちがいはなかったけれど、すぐにもまた消えていった。その上をいくつもの黒雲がかすめて通り、それが月のあいさつだった——わたしにおくるあいさつだった。

＊ノアの洪水　ノアは旧約聖書に出てくる人物。神が人類の悪事に怒《いか》り、洪水を起こしてほろぼしたとき、彼だけは行ないが正しかったので妻子とともに箱舟でのがれることができ、新しい人類

の先祖になったという。
＊箱舟のひと　ノアのこと。
＊なみだにかきくれたイスラエルの国民が……　イスラエル民族は紀元前一〇〇〇年に統一されたが、のち南北にわかれ、北がまずアッシリアにほろぼされたのち、紀元前五八七年に南もバビロンのネブカドネザル王にほろぼされた。そして民族の大部分はバビロンにおしこめられ、イスラエル民族の国はなくなった。
＊ロメオ　シェークスピアの劇「ロメオとジュリエット」の主人公。
＊セント・ヘレナ島の英雄　ナポレオンのこと。

第九夜

大気がふたたび、すみきってきた。いく晩かが過ぎて、月はいま上弦《じょうげん》のすがたであった。そこでわたしの頭にも、またもやあるスケッチの思いつきがうかんできた――

まあ、月の物がたる話をきいてごらん。

『極地の鳥といっしょに海をゆくくじらのあとをつけながら、わたしはグリーンランドの東海岸めざして、進んでいきました。氷と雪のヴェールをまとったはだかの山が、ぐるりと取りまく谷のなかは、やなぎとこけもの花ざかりでした。においもゆかしいせんのうが、あまいかおりをふりまいています。わたしの光は淡々《たんたん》と、そのまるい輪も、茎《くき》からもぎとられたそのままに、はやいく週間ものあいだ、水上にただよいつづけるすいれんの葉っぱにも似て、青白く、色あせたたたずまいなのです。北極光の冠《コロナ》がしんしんともえ、その輪はゆたかにひろがって、光は大空いち面をうずまきのぼる火柱のようにおおいながら、赤と緑のふた色に、きらめいていました。このあたりに住まうひとびとがむれつどっているのは、いまから舞踏《ダンス》とお祭りをもよおすつもりなのでしょう。しかし、このすばらしい自然の現象にも、すっかりなれきったひとたちのことですもの、ほとんどだれひとりとして、ふり向くものもいやしません。

「死人のたましいは、あざらしの頭あいてにおどらせときゃたくさんだ！」彼らは信《しん》仰《こう》どおりにそう思って、目も考えもただもう舞踏《ダンス》と歌だけにむけていたのです。毛皮もまとわぬひとりのグリーンランド人が、手太鼓《てだいこ》を持って輪のまん中に立ちはだかり、あざらし狩《が》りの歌のおんどうとりをしていました。そして、合唱が「あいあ、あいあ、あ！」と、それにこたえるのです。するとやがて、白い毛皮を着たひとむれが、ぐるりと輪をえがいたものですから、なんだか北極ぐまのおどりみたいに見えました。目と頭が大胆不敵《だいたんふてき》なはたらきをつづけています。と、やがて裁判《さいばん》がはじまり、判決がくだることになりました。仲《なか》たがいしていたひとたちが前に進み出ると、はずかしめを受けたほうは、相手の罪を思いつきの歌にしていい立てるのですが、いっさいがっさい太鼓の調子にあわせたおどりのうちに、あつかましくもからかうようなやり方で、進んでいくのでした。うったえられたほうの答えっぷりも、同じようにずるをきめたものでしたから、集まったひとびとはげらげらとわらいこけながら、めいめいの判決をくだしています。山の峰《みね》から、にぶいどよめきがひびきわたると、氷河はさけ、ころげおちる氷の大きなかたまりが、みるみるうちに雪くずとなってとび散るのでした。それは、まことにすばらしいグリーンランドの夏の夜なのです。

そこから百歩ばかりはなれたところに、毛皮のテントの戸口をあけて、病人がひとり寝《ね》ていました。あたたかい血のなかには、まだいのちのながれが、ただよってはいましたものの、でもそのひとは、しょせん死なねばならぬからだなのです。というのも、当人はもちろんのこと、まわりのひとびとも、みんなそう考えていたほどでしたから。そこでそのひとのおかみさんは、あとから死人にさわりたくないと思ったので、いち早く毛皮のマントをおっとの身のまわりにぬいつけながら、こんなふうにたずねかけました。

「おまえさんのおのぞみは、あの山んなかのかたい雪の下へ、うめられたいっていうのかい。あたしゃそのお墓を、おまえさんの小舟《こぶね》とおまえさんの弓矢《ゆみや》で、おかざりしてあげようね！ アンゲコーク*がその上で、おどりをおどるにちがいないよ！ それとも、海んなかへしずめてもらいたいとでも思うのかね！」

「海んなかへ」と、男はささやきながら、悲しそうなほほえみをうかべて、こっくりしました。

「そりゃ、ほんとうにすずしい夏むきのテントだわね」とおかみさんはいいました。

「あそこじゃもう、かぞえきれないぐらいのあざらしがはねまわってさ、おまえさんの足もとに、居ねむりしてるのだっているんだよ。してみりゃ、あちらの狩《か》りてえのは、やりそこないもなかろうし、たのしいあそびになるだろうね！」

　すると子供たちは、おいおい泣きわめき、死にかかった病人を海へつれだすことができるようにと、窓べにかけわたした毛皮を、はぎとるのです。生きているあいだは食物をあたえ、死んだいまとなってはいこいをめぐむものこそ、このあわだちさわぐ海なのです。お墓の石は、日ごと夜ごとにすがたをかえる氷山でした。あざらしが氷のかたまりの上にまどろんで、うみつばめがその上をすいすいととんでいきます』

＊アンゲコーク　イヌイットの伝説に出てくる魔《ま》法使《ほうつか》い。医者でもある。

第十夜

『ひとりの老嬢《オールド・ミス》を知ってたんですが』と、月はいった。

『そのひとは、来る冬ごとに黄色いしゅすのマントを着てましてね、いつもまあたらしいようすなんです。それが、あのひとのたったひとつきりしかない、今ふうのお召《め》し物だったんですよ。夏になると、毎年おなじようなむぎわら帽《ぼう》をかぶってましたっけが、それにまた判でもおしたみたいに、青ねずみ色の着物を着てたような気がします。出かけていくところといえば、町の向こうがわにいる、むかしなじみの女友だちだけでしたのに、ここ二、三年は、この訪問《ほうもん》もやめにしていました。友だちの女が死んだものですから。こうして顔なじみの老嬢《オールド・ミス》は、窓のうしろで、ひとりこっそりと立ちはたらいていたのです。そこの窓べには、夏になると、かわいい草花がいっぱいにさきこぼれ、冬には毛皮帽のおかまのなかに、美しいきんれんかが立っていました。だのに、このひと月というもの、もはやここの窓べにも女のすがたは、見えませんでした。でも、まだ生きているということだけは、わたしにもよくわかっていました。というのは、そのひととあの友だちがなん度となく話しあっていた例の大旅行を、いよいよ実行にうつすようすも、見えはしなかったからです。

「そうですよ、もしも死ぬようなことがあったら」と、そのひとは、いつもこんなふうにいったものです。

「わたしは、これまで生きてたあいだにした旅よりも、もっと遠い遠い旅行をするでしょう。ここから六マイルはなれた土地に、先祖代々のお墓がありましてね。わたしもけっきょくはそこへつれていかれ、家族のひとびとのあいだにまじって、ねむることになるでしょうから」

夕方のことです、馬車が家の前にとまって、お棺《かん》がひとつはこび出されましたのは。そこでわたしは、あのひとがとうとう死んだということを、知ったのです。柩《ひつぎ》をわらむしろでくるむと、やがて馬車は家をはなれていきました。そこにはもはや、この一年というもの、家のなかから一歩も出たことのないものしずかな老嬢《オールド・ミス》が、ねむっていたのです。そうして車は、あたかも物見遊山《ものみゆさん》に出かけるときのように、がらがらといきおいよく町をはなれていきました。国道にさしかかると、速度はなおいっそう上がっていきます。駆者《ぎょしゃ》は柩のほうを肩《かた》ごしに、二、三度こっそりふりかえっていましたが、黄色いしゅすのマントを着て、うしろのお棺にすわっているひとをながめるのがなんとなく、うすきみわるかったのでしょう。やけにうまのお尻《しり》をひっぱたきながら、手綱《たづな》をぐいとひきしぼったものですから、うまははな息もあらあらしく、白いあわをいっぱいにふき散らしました。それは若駒《わかこま》で、火みたいなやつでした。するとそのとき、うさぎが一匹《ぴき》道の上を横っとびにかすめていきました。そこでうまの足なみが、思わずもひょいと道からはずれたのです。くる年もくる年も、ただ家のなかをゆっくりとまわりあるくことしかしなかったこの物しずかな老嬢《オールド・ミス》は、やっと死んだあとになってから、ひろびろとした国道の上を、切り株や小石をけちらしけちらし、走ることになったのです。わらむしろにおおわれた柩が馬車から落ちて、道ばたにころがっていました。そのあいだにも、うまと駆者と車とはまるで気がふれたみたいにかけぬけていったのです。ひばりがさえずりながら畠《はたけ》からとびあがると、柩のそばで朝の歌をほろほろと歌いました。それから柩にとまって、あたかもちょうちょうのさなぎをついばもうとでもするように、しきりとむしろをくちばしでつっついていました。まもなくひばりは、またもやなきながら大空高くまいあがっていきましたので、わたしも、まっかな朝雲のうしろに、ひっこんだのです』

第十一夜

『けっこんのお祝いがありましてね』と、月は話してくれた。『にぎやかな歌声がひびきわたり、けんこうを祝うさかずきがくみかわされて、すべてがもうはなばなしく、ゆたかなありさまでした。まもなくお客も立ち去って、ま夜なかもすぎていきました。母おやたちが、花嫁《はなよめ》と花婿《はなむこ》にキッスしていました。わたしは、ふたりきりになった新婚《しんこん》のひとたちを見ていたのです。でも、カーテンは、ほとんどぜんぶ引いてありました。

「ありがたいことにあのひとたちも行ってしまった!」といって、おっとは妻の手と口にキッスしました。花嫁はほほえみをたたえ、泣き泣きおっとの胸にふるえるからだを押しつけています。それは、流れる水にうかぶはすの花のようでした。それから、やさしく幸福なことばを、そっとささやくのです。

「じゃ、おやすみなさい!」と、おっとはいいました。そして妻は、窓のカーテンを左右にひらきました。

「なんてきれいなお月さまでしょう！」と、女のひとはいいました。

「しずかで、ほんとうにまひるみたいですわ！」

そういいながら、ランプの火をふきけしたのです。気持ちのよいへやがまっくらになりました。でも、わたしの光は、おっとの目みたいにきらきらとかがやいていました――女のひとよ、詩人がいのちのひみつを歌うとき、願わくばそのたて琴《ごと》にせっぷんせよ！』

第十二夜

『ある日のポンペイ*のありさまをはなしてあげましょう』と、月はいった。

『わたしがいたのは、ぞくに墓場通りとよばれている町はずれで、そこにはさまざまな美しい記念碑《きねんひ》が立っていました。ここはそのむかし、ひたいにばらの花輪をかざった血気の若者が、ライス*の眉目《みめ》うるわしい姉妹たちとおどったところなのです。でも、いまは、死のようなしずけさがたれこめていました。ナポリづとめのドイツ兵がみはりに立って、かるたやさいころあそびにふけっていました。むこうの山からやってきた、ひとかたまりの外国人が、みはりの兵に案内されて、この町へはいってきます。墓場でできあがった町を、わたしのあふれんばかりの光のなかで、見物しようというつもりです。わたしは、熔岩《ようがん》でほそうされた大通りにのこるわだちを見せてやったり、戸口の名前や、まだかけっぱなしになっている看板《かんばん》などをおしえてやりました。ひとびとは、ちいさな中庭に立って、貝がらでかざった噴水盤《ふんすいばん》をながめています。でも、立ちのぼるひとすじの水もなければ、戸口に金属のいぬが見はりに立ったはなやかな色ぬりの広間のなかからも、なにひとつひびいてくる歌声はありませんでした。それは死人の町で、ただヴェスヴィオス火山だけが、なおもかわらぬ久遠《くおん》の讃歌《さんか》をとどろかせているだけです。そのことばのひとつひとつを、人類はあたらしい爆発《ばくはつ》と名づけていました。わたしたちはヴィーナスの神殿《しんでん》*へ出かけていきました。それはほの白くきらめきわたる大理石からできており、その広い階段の前には、高い祭壇《さいだん》があって、円柱のあいだからわかわかしいしだれやなぎが、すくすくとのびていました。大気は青々とすきとおらんばかり、背景《はいけい》にはヴェスヴィオス火山がくろぐろとそそり立って、山の焔《ほのお》がまつの幹みたいに立ちのぼっています。てらし出された煙《けむり》の雲は、なにかしらまつのこずえにも似かよい、それが血のようにあかあかと夜の静けさのなかにたなびいていました。一行のうちにはひとりの歌姫《うたひめ》がまじっていて、それはヨーロッパ一流の大都会でも世の尊敬を受けている、正真正銘《しょうしんしょうめい》の大声楽家でした。ひとびとが悲劇《ひげき》の劇場まで来たときに、一行はうちそろって、円形劇場の石の階段に腰《こし》をおろしました。ですから、ちょうど数千年前と同じように、またしてもささやかな座席《ざせき》が、しめられることになったのです。舞台《ぶたい》はむかしさながらに、ぬりたてた石かべの片《かた》がわと、ふたつの丸天井《まるてんじょう》をうしろにひかえながら、つっ立っていました。その背景ごしに、きょうもまた同じようなかざりつけが——いうならば、自然のすがたそのままに、ソレントー*とアマルフィー*をつなぐ山々が、むかしに変わらぬたたずまいを見せていました。歌姫はふとした心のたわむれから、むかしの舞台によじのぼると、その場所がらに気分をそそられて、歌をうたいはじめました。わたしはふと、あわをふきふき、たてがみをさかだてて走っているアラビアうまを、思い出さずにはおられませんでした。歌姫の身のこなしには、アラビアうまさながらのかるやかさと確実さがあったからです。のみならず、わたしの胸には、おのずとゴルゴタ*の十字架《じゅうじか》にひれふして、なげき悲しむマリアのすがたさえ、うかびあがってくるではありませんか。そこには、同じようなしみじみと身にしみる悲しみが、ただよっていたのですもの。歌姫をめぐって、またもや数千年むかしさながらに、歓呼《かんこ》と拍手《はくしゅ》のどよめきがまき起こりました。

「幸福なひとだ！ 生まれながらの才能にめぐまれたひとだ！」と、一同はいっせいに感嘆《かんたん》の声をあげました。でも三分ののちには、その舞台もいつの間にかからになり、歌声はいずくともなく消え去っていました。一行はそのまま先へすすんでいったのですが、でも、はいきょはなおもむかしに変わらぬもとのすがたで立っています。おそらくはこののち数百年の間といえども、変わらぬ形そのままに生きのこっていることでしょうに。たれひとりとしていまのいま、まき起こったかっさいのことも、あの美しい歌姫のことも、そしてまた彼女の歌声とほほえみのことも、おぼえてはいますまいものを！　すべては過ぎ去り、わすれられていくのです。わたしじしんにとってさえあの一瞬《いっしゅん》は、ひとつの消えうせた思い出ですから』

＊ポンペイ　イタリアの名所。ナポリ湾《わん》に近い古代の都市で、紀元前に栄《さか》えたが、ヴェスヴィオス火山の噴火《ふんか》でうずめられてほろびた。のち偶然《ぐうぜん》に掘《ほ》り出されて有名になった。
＊ライス　美貌《びぼう》のほまれたかいギリシアの遊女。
＊ヴィーナスの神殿　ヴィーナスは美と恋愛《れんあい》の女神《めがみ》。
＊ソレントー　ナポリ湾にのぞむ南イタリアの小都市。
＊アマルフィー　サレルノ湾にのぞむ町。ソレントーとの間は山。
＊ゴルゴタ　キリストがはりつけにあったエルサレムのしおき場。

第十三夜

『ある編集者の窓口《まどぐち》をのぞいて見たのですがね』と、月がいった。『それはどこか、ドイツにある町のことで、へやには美しい家具と、たくさんの本と、そしていろんな新聞がごちゃごちゃにおいてありました。いく人かのわかいひとたちがいて、編集者そのひとは机のそばに立っていました。これからふたつとも新進作家の書いたちいさな書物を二冊、ひひょうすることになっていたのです——「こちらは僕《ぼく》におくられた本でね」と、彼はいいました。「まだ読んでみたわけじゃないが、そうていはなかなかりっぱだな。ところで君たち、なかみのことをどう思う?」——「そうですね」と、これもやはり詩人であったひとりの青年が答えました。「ちょっとばかりまとはずれのところもありますが、いずれにせよたいへんりっぱです。本人がまだわかいんですから、そうした欠点もしかたないでしょう。でも、とにもかくにもことばには、まだまだ手をいれなきゃならないところがありますよ。考えかたはいたって健全ですが、もちろん、ありふれた思いつき以上には出ていません。でも、なんといったらいいですかな、ふうがわりな新しさなどといったものは、そうざらにみつかるしろものじゃないんですから、やっぱりこの作者は、ほめてやってもいいと思いますね。ゆくゆく詩人として大きな仕事をやりとげるだろうとは、考えられませんけれど、なんにしてもあの男は、知識の広いすぐれた東洋学者ですよ。そして、自分でも非常にかたよらない批判をするひとなのです。いつでしたか、わたしのかいた『日々の生活にかんする感想』という書物について、りっぱなひひょうをしてくれたこともあったくらいですから。わかいひとたちにはあまりきゅうくつであってはいけませんね」

「でも、あの男はただの鈍物《どんぶつ》ですよ!」と、へやのなかにいた、もうひとりの紳士《しんし》がいいました。

「詩ではかたよらぬということぐらい、しまつにこまるものはないのですよ。彼はその線から、一歩も出てないじゃありませんか」

「かわいそうに!」と、三番めの男がいいました。

「ところであのひとのおばさんは、あなたがたいへんすきなのですよ。ほら、編集長さん、せんだってご出版なすったあなたのほんやくに、あんなにもたくさんの予約者を集めたのは、例のご婦人だったのですよ——」

——「あの奥《おく》さんは、ほんとうにいいかただね！　よし、この書物はごく手みじかに紹介《しょうかい》することにきめた。はっきりした才能！　かんげいすべき素質！　詩の花園《はなぞの》にさいた一輪の名花、美しいそうてい、などとね。ところで、もうひとつの書物はどうだろうなあ。著者の希望が、僕に買ってもらいたいという点にあることは、まちがいもないようだけれど——きくところによると、なかなかのひょうばんで、作者は天才だといわれているようだぜ。君たちもそう思いませんか？」

——「そうです、なかなかどうしてたいへんなうわさですよ」と、詩人の記者が答えました。

「でも、いささかがむしゃらのきらいがないでもありませんね。たとえば、句読点《くとう》のきりかたなどは、まったくの話が、天才的以上というほかありませんよ！」

——「あいつのことだもの、すこしくらいやっつけられたって、腹をたてさせられたって、いっこうにまいりはしませんよ。あれでちとばかりいたい目にあわないことには、いやもうまったく鼻持ちならぬ男になっちまいますからね」

――「でも、そいつはいけないなあ」と、四人めの男がいいました。

「僕たちはそうしたちいさな欠点を数えあげないで、長所だけをたのしむことにしようではありませんか。この著書にだって、いい点はいくつもありますよ。彼の前に出たら、ほかの詩人たちも、みんな影《かげ》がうすくなるじゃありませんか！」

――「とんでもないことだ！　もしもこの著者がそれほどの天才でしたら、たとえどんなにきびしい非難をうけたって、りっぱに耐《た》えとおしてみせるでしょう。あの男にしろ面とむかっては、それこそもういやというほど、ほめそやされているんですからね。だから僕たちも、これ以上相手の頭をおかしくしないよう、気をつけあうことにしたらどうでしょう！」

――「はっきりした才能」と、編集者は書きました。「だが、よしんば彼にしても、うかつなことばを書きかねないというよくありがちなかるはずみを、わたしたちはこの書物の二十五ページに見ることができる。ここでは母音《ぼいん》のくりかえしが二度までもおこなわれているようだが、著者にはまずもってむかしのすぐれた作家たちを研究するようすすめたいと思う」

そこでわたしは、先の方へ進んでいきました』と月はいった。

『それからやがて、おばあさんの家の窓ごしにのぞきこんだのです。そこには例の詩人が、出版記念のために招待されたお客たちから、おほめのことばをいっぱいに受けて、すっかり満足していました。

そこでわたしはさらに、がむしゃらといわれた、もうひとりの詩人をさがしたのです。彼もやはりたくさんのひとびとに取りまかれて、あるパトロンのところにいました。この席では、最初の詩人の書物もやはり話の種にのぼっているようでした——

「あなたのご本も、もちろん読むことにいたしましょう」と、パトロンはいいました。「でも正直に申しますと——あなたはわたしが、いつも思ったとおりつつみかくさずお話するってこと、よくよくご存じのはずでしたね——実のところあなたのご本には、あまり期待もしてはいないのです。なんといっても、わたしには大胆《だいたん》すぎますし、空想的でもありすぎますからね。でも、人間として尊敬しなけりゃならないかただとは、そりゃもう十分におみとめしてますよ！」

うらわかい少女がひとり、へやのすみっこにすわって、一冊の書物を読んでいました。

才能の光栄ちりあくたのうちに没《ぼっ》するとき
凡庸《ぼんくら》のひと世にその名をうたわる——
そはいと古きことばなれども
なお日に日にあらたなり！』

第十四夜

『森の道にそって二けんの農家がありました』と、月は話してくれた。

『戸口はちいさく、窓もひどくゆがんではいましたが、でもそのまわりには、さんざしや蛇のぼらずがおいしげり、こけのはえた屋根の上には、黄色い花といわれんげがさきにおっていました。そして、ちいさな庭にあるものといえば、青いキャベツとじゃがいもだけなのです。それでもいけがきのそばには、ひともとのリラの木が、花をつけて、木かげにはちっちゃな女の子が、ひとりですわっていました。その子は茶色の目を、家のあいだにある古いかしの木の方にそそいでいました。高い木の幹《みき》ははやもうくさっていたものですから、てっぺんの方はのこぎりで切りとられ、こうのとりが巣をかけていたのです。ちょうど鳥は巣のそばにいて、かたかたと木の幹をかじっていました。と、ちいさな男の子が、家のなかからあらわれて、少女のそばにならびました。ふたりは兄妹《きょうだい》だったのです。

「なに見てんの?」と、男の子がたずねました。

「あたいこうのとりを見てたのよ」と、少女が答えます。

「おとなりのおばさんがこんなことといってたわ——鳥が今夜あたいたちんところへ、男の子か女の子をつれてきてくれるんですってさ。だから、あたい、赤ちゃんがいつくるのか、見てやろうと思って、気いつけてんのよ」

「こうのとりが子供などつれてくるものか!」と、男の子はいいました。

「僕《ぼく》のいうことに、うそはないんだぜ。おとなりのおばさんは、僕にもそういってたけれどね。でも、お話しいしいわらってたもんだから、僕、げんまんできるかいってきいてみたのさ。そしたらおばさん、うんっていえないじゃないか。だから僕、こうのとりの話がうそだってことも、おとなはいつも僕たち子供をこんなふうにだますってことも、すっかりわかっちゃったというわけさ」

「じゃあ、いったい赤ちゃんどこからくるんでしょうね?」と、女の子がききました。

「神さまがつれてらっしゃるのさ」と、男の子が答えました。

「神さまはね、マントの下にだいてらっしゃるらしいんだけれど、そのおすがたが人間には見えないんだな。だから、僕たちにだって、神さまがどうして赤ちゃんをつれてきてくださるのか、わかんないんだね！」

　そのとき、リラのこずえがふいにざわざわと鳴りましたので、子供たちは手をあわせて、たがいに顔をのぞきこんだのです。それはたしかに、赤ちゃんをおつれになった神さまでした。やがて子供たちが手と手をしっかりにぎり合ったとき、家の戸口が大きくあいて、おとなりのおばさんが出てきました。

「さあ、おうちへおはいいんなさいな」と、おばさんはいいました。

「そしてこうのとりがなにをつれてきたか、よっく見てごらんなさい。男の赤ちゃんがうまれたんですよ！」

　子供たちはこくりとうなずき合いました。赤ちゃんがやってきたということを、ふたりはもうとっくのむかしに知ってましたもの』

第十五夜

『わたしはリューネブルク*の荒野《こうや》の上をすべっていきました』と、月はいった。

『そこの道ばたには、一けんのかりごやがわびしげに立っていて、葉を落とした灌木《かんぼく》が壁《かべ》すれすれにはえていました。いまそのなかで歌をうたっているものは、道にまよった夜鶯《ナッハチガル》でした。夜の寒さに、たえとおせそうにもない鳥なればこそ、わたしのきいたその歌は、おそらく白鳥の歌*にまちがいもなかったでしょうに。朝やけの光がかがやきそめたとき、ひとむれの旅人がとぼとぼとやってきたのです。それはアメリカ大陸へわたろうと、ブレーメンかハンブルク*めざして、さすらいつづける農民の一族でした。新大陸に行きさえすれば、あのゆめに見ていた幸福が、花のようにひらこうものをと、彼らはすっかりたのしみにしていたのです。女たちはみどりごを背にせおい、すこしばかり大きくなった子供たちが、そのかたわらをちょこちょことあるいていました。みすぼらしいろばが、家財道具一式がのっかった車を引っぱって、とぼとぼと歩いています。ふく風があんまりつめたかったものだから、小さな女の子は、母親の胸にぴったりと顔をうずめるのでした。わたしのかけはじめたまるい面《おもて》を見あげながら、女の思いは、ふるさとでたえしのばねばならなかったきびしい貧苦と、はらいきれなかった重い税金の上に動いていったのです——彼女のうれいこそは、まさしくこのキャラバンぜんたいの考えでもあったのでしょう。ですからあけぼののあかるいかがやきは、ふたたびのぼりゆくであろう幸福という太陽の、福音《ふくいん》みたいな気がしたのではありますまいか。死んでいく夜鶯《ナツハチガル》の歌声をきいたときにも、悪いしらせの予言者ではなくて、幸福を告げ知らせるみ使いだとばっかり、思いこんでいたのです。風がひょうひょうとふきあれて、夜鶯《ナツハチガル》の歌声も耳にはいっこうはいりませんでした——

「安らかにこそ海をわたれ! いく山河の船旅をゆかんとて、汝《なんじ》は手にあるありとあらゆる物を支払《しはら》いしにあらずや。あわれにもせんすべつきて、汝は汝のカナーン*をふむならん。かしこにいたりしとき、汝は汝みずから、汝の妻、しかして汝の子らを売らざるべからず。とはいえ、汝の苦しみはまことたまゆらのまにつきはつるべし。ほのぼのとにおいも高きひろ葉の葉かげに汝の来たるを待つは、まさしくかの死の女神《めがみ》。死に神の手あつきくちづけこそ、汝の胸に死の熱病をふきこむものなれば! 行け、大浪《おおなみ》立ちさわぐかの海原《うなばら》をこえて」――でも旅人《キャラバン》たちは、夜鶯《ナツハチガル》のこの歌を、たのしとばかりきいたのでした。てっきり幸福だけを意味していたものと、思いこんでいたからです。日の光は、うすい雲のなかからかがやいていました。農民のむれは荒野をこえて教会の方へ進んでいきます。頭に白いずきんをゆわえつけた黒衣《こくい》の婦人たちは、あたかも古いお寺の絵からぬけ出た人物のように見えていました。それらを取りまく自然のけしきは死のようにわびしく、茶色にかれはてたヒースと、まっ黒にやけこげた芝生《しばふ》だけが、白い砂州《さす》のあいだからちらちらとのぞいていました。女たちは讃美歌《さんびか》の本を胸にだいて、とぼとぼとお寺の方へ歩いていきます。おお、いのれ！　大浪さわぐ海のかなたなる、かの墓場へとさすらいゆくひとびとのために！』

＊リューネブルク　ドイツ北部の一地方。
＊白鳥の歌　死を自覚した白鳥はせいいっぱいに歌をうたってから死に至るといわれている。
＊ブレーメンかハンブルク　どちらもドイツの北部の都市。ここから川をくだって海に出ることができる。
＊カナーン　パレスチナの海岸線の名前。

第十六夜

『わたしはひとりの道化役《ポリシネル》*を知っています』と、月はいった。

『そのすがたが見えさえすりゃ、大向こうがやんやとわきたつんです。そりゃもう身のこなしのひとつひとつがこっけいなんで、わけもなく小屋が大わらいにかわるのですね。でいながら、わざとらしいところは、どこにも見えはしませんでした。すべてが自然のままだったからです。まだちっぽけな小僧《こぞう》っ子で、ほかの子供たちと遊んでいたころから、彼はもう道化役《ポリシネル》でした。自然が彼をおどけ者にしたのですもの。背が曲がっていて、せなかと胸にひとつずつこぶをあてがわれていましたから。でも心は、ゆたかなめぐみを受けていたのです。こんなにもふかい感情と、大きな精神のはりを持っていたひとは、おそらくどこにもなかったでしょうに。劇場《げきじょう》は彼にとって、理想の世界でした。もしも、すんなりしたからだつきの美しい男であったなら、どの舞台《ぶたい》に立っても、第一流の悲劇役者をつとめたことでしょう。英雄《えいゆう》のようなもの、偉大《いだい》なものがそのたましいをみたしていたのにもかかわらず、彼は道化役者《ポリシネル》にならなければならなかったのです。彼の悲しみ、彼のうれいといえども、ただそののみでけずったようなかおだちの、こわばったおかしげな表情をつよめるだけで、もうわけもなくひいき役者に拍手《はくしゅ》をおくる、数知れない見物人のわらいをそそるだけでした。美しい恋人役《コルムビーネ》*は親切で、好意をよせてくれました。でも女のほうから、けっこんしたいと思っていたのは、三枚目《アルレキノ》*の男だったのです。もしも、美しいものとみにくいものとがいっしょになったとしたら、それはじっさいにも、あまりにこっけいすぎて、なんともかんともいう方法がなかったでしょうに。道化役者《ポリシネル》がうれいにしずむとき、彼をほほえみにさそい、ついには腹をかかえてわらうようにしむけることのできたのは、ただひとり恋人役《コルムビーネ》だけでした。はじめ女は、道化役者《ポリシネル》同様、いかにも悲しそうな顔をしています。と、だんだんに女の心がおちついて、しまいにはじょうだんしかいわなくなるのでした。

「あたいよっくわかっててよ、あんたのほしいもの」と、女はいうのです。

「うそじゃないわよ。それ、女の子でしょう！」——すると彼はもう、声を出して、わあわあとわらわずにはおれませんでした。

「このおれさまと女の子か!」と、彼はさけぶのです。「こりゃまたこっけいこの上もない話じゃのう。さだめしお客が、わいわいさわぐじゃろうよ!」

「女の子だわ」と、恋人役《コルムビーネ》はくりかえしながら、おどけたみぶりをして、こうつけ加えたものでした。

「あんた、あたいがすきなのね!」

じっさいのところ、人の口からこんなことばがいえるのは、おそらく愛情なんかみじんもありはしないということを、知っているときにかぎるのではありますまいか——道化役者《ポリシネル》は大わらいに、ぴょんとひとつとびあがり、それっきりでふさぎの虫も、けしとんでしまうというしだいでした。でも女のことばは、みごとにまとをいぬいていたのです。道化役者《ポリシネル》は恋人役《コルムビーネ》を愛していましたから。あたかも芸術のなかにある偉大なもの、けだかいものを愛していたように、ほんとにはげしい気持ちで愛していたのです。女がおよめに行った日、彼はとびきりたのしそうでした。でも、夜になると、声をあげて泣きました。もしもお客さんが、そのゆがんだ顔を見たとしたら、きっと手をうって大よろこびによろこんだことでしょう——ところでその恋人役《コルムビーネ》が、ついこないだ死んだのです。おとむらいの日、三枚目《アルレキノ》はお休みをもらって、舞台には出ませんでした。悲しみにしずんだおとこやもめだったからです。一座《いちざ》の親方はお客さんが、美しい恋人役《コルムビーネ》と、たっしゃな三枚目《アルレキノ》のいない舞台に、ひどくがっかりしないよう、なにかとくべつこっけいなだしものを用いなければなりませんでした。そこで道化役者《ポリシネル》は、二倍にもおかしなみぶりをするはめになったのです。がっくりと死にそうな気持ちをおしかくしながら、彼はとんだりはねたりいたしました。するとあんのじょうわれるような拍手かっさいでした。「ブラヴォー！　ブラヴォー！」と大向こうから声がかかり、道化役者《ポリシネル》はアンコールをうけてよび出されるしまつでした。彼は天下一品の役者になったのです！　ゆうべのことでした、おしばいのはねたあと、おかしな形をしたひとかげがただひとつしょんぼりと、町はずれの墓地へ歩いていきましたのは。恋人役《コルムビーネ》の墓をかざる花輪は、いつのまにかしぼんでいます。男が墓の上にこしをおろすと、それは一枚の絵みたいでした。ほおを片手でささえ、目をわたしの方へ向けています。なんだかひとつの記念像みたいなかっこうでした。墓場にすわった道化者《ポリシネル》——まったくほかには類もない、こっけいきわまるながめではありますまいか。もしもお客さんが、こんな様子をしたひいき役者をごらんになったら、きっと大きな声で

「ブラヴォー！　ブラヴォー！　道化者《ポリシネル》！」と、よびかけたにちがいありませんもの！』

＊ポリシネル　イタリア喜劇の道化役。
＊コルムビーネ　アルレキノの恋人役の名。
＊アルレキノ　コルムビーネの恋人としてこっけいな役を演じる。ふつう仮面をつけてまだら色の服を着、木剣《ぼっけん》か魔法《まほう》のつえを持って登場する。

第十七夜

まあ、月の話したことを聞いてごらん！

『わたしは幼年《ようねん》学校生徒が士官になって、きらびやかな軍服をはじめて身につけたときの光景も見てきましたし、うらわかい少女が、舞踏会《ぶとうかい》の着物を着たり、あるいは、大公のみずみずしい花嫁《はなよめ》が、婚礼《こんれい》のはれぎにみとれているすがたもながめてきました。でも、ゆうべ、四つの女の子供に見た、あれほどきよらかなよろこびにくらべられるものは、まだひとつもありません。その子は空色のあたらしい着物と、ばら色のあたらしい帽子《ぼうし》をもらって、ちょうどそれをためしに着てみるところでした。みんなのものが口々に、「あかり、あかり！」とよんでいました。というのは、窓からさしこむ月光があまり弱すぎるので、なにかほかの光にてらして、ながめなければならなかったからです。その小さな女の子は、両腕《りょううで》を心配そうに着物からはなし、指を大きくひらいたまま、人形みたいにしゃっちょこばって、つっ立っていました。ああ、そのときのひとみのあかるいかがやきといったら！　いいえ、子供の顔ぜんたいが、まじりけのないよろこびに、きらきらと光っていましたもの！

「あしたは、そのおべべをきて、おんもに出てもよござんすよ！」と、おかあさんがいいました。子供は幸福そうにほほえみながら、帽子のほうを見あげたり、着物のほうを見おろしたりしています。

「ママ！」と、女の子がいいました。

「あたいがこんな着物きてんのを見たら、わんわんたち、なんていうでしょう？」ってね』

第十八夜

『わたしはあなたにポンペイの話をしたことがありましたね』と、月はいった。『ひとむれの生き生きした町のなかに、もういちどよみがえらされた都会のしかばねのことを。ところでわたしは、もうひとつの、もっとめずらしい町を知っています。それは都会のむくろではなくて、いわば都会のゆうれいなんです。噴水《ふんすい》が大理石の水《すい》盤《ばん》のなかへぴちゃぴちゃと落ちるところでは、いつも、いつも水にうかんだその町のおとぎ話をきくような思いがします。たしかに噴水には、その話ができますし、岸べの浪《なみ》はその歌をうたうこともできましょうから。水面の上には、霧《きり》のただよう日も多く、それはやもめのヴェールでした。というのは、海の花むこは死んでしまって、いまでは城と町とが、そのひとのお墓なのですから。あなたはこの町のことを、ご存じなんでしょうか？　かつて町の通りには、いちどとして車のわだちのひびきも、うまのひづめの音も、きこえたことはありませんでした。そこではおさかながおよぎ、黒いゴンドラがゆうれいみたいにみどりの水面をかすめていきます。わたしはあなたに』と、月は話しつづけた。

『町のいちばん大きな広場を見せてあげましょう。そしたらあなたは、たぶんおとぎの町へでもつれていかれたような気持ちにおなりでしょうもの。広いしき石道のあいだには、しんしんと葉がおいしげり、そこのひとつはなれた高い塔《とう》のまわりには、ひとになれきった数千のはとが、はたはたととびまわっています。三方は拱廊《アーケード》*に取りかこまれて、そのなかには長いパイプをくわえたトルコ人が、ひっそりとすわっていますし、ギリシアの美少年は円柱によりかかって、古い権力の記念*である戦勝記念の高い旗ざおを、見上げていました。旗は喪章《もしょう》のようにたれさがり、そのそばで、ひとりの少女が休んでいました。彼女は手おけをおろすと、になってきたてんびん棒《ぼう》を肩《かた》の上にのっけたまま、戦勝ざおによりかかるのでした。あなたが目の前にごらんになるものは、もはや妖精《フェアリー》の城ではなくて、ひとつの教会だったのです。金めっきをほどこしたまる屋根と、そのまわりにある金のたまが、わたしの光のなかできらきらとかがやいていました。いただきにある青銅のみごとなうまは、*いいつたえにあるしんちゅうのうまみたいに、遠い遠い旅をしたのです。それは、この土地へやってくると、またしても旅に出て、しまいにはもういちど引きもどされたのでした。あなたには、壁《かべ》や窓ガラスの上に描《か》かれた、めざめるばかりはなやかないろどりがお見えでしょう？　それはあたかもこのお寺をかざるさい、天才が子供の気まぐれにしたがって、作りあげたようなものなのです。円柱の上にあるつばさのはえた獅子《ライオン》が、お目にとまるでしょうか？　黄金はまだきらきらときらめいてはいますが、つばさはくくられ、獅子《ライオン》は死んでしまいました。というのは、海の王さまがおかくれになったからです。大広間はからっぽで、かつてけだかい絵などかけてあったところに、いまではうつろの壁が見えるだけです。貧者が、そのむかしただ貴人だけの出入りをゆるした丸天井《まるてんじょう》の下に、ねむっていました。ふかい井戸《いど》の底からか、あるいはなげきの橋*のたもとにある鉛《なまり》のへやからか、どちらからともわかりませんが、ためいきがひとつほっとひびいて、きらびやかないろどりのゴンドラの上でタンボリンがかたかたと鳴り、婚約《こんやく》の指輪が光*りかがやく華麗《ブッツェンダウル》な船から、海の女王のアードリアへむけて投げこまれた、むかしの日をしのばせるのです。アードリアよ、おまえのすがたを霧のなかへつつみこみ、やもめのヴェールでおまえの胸をおおって、それをおまえの花婿《はなむこ》のお墓へかけるがよい！　大理石のゆうれいめいたヴェニスの上へ！』

＊拱廊《きょうろう》　アーケード。柱の上部をアーチでつないだもの。
＊古い権力の記念　ヴェニスが共和国として地中海に勢力があったころの名ごり。
＊青銅のみごとなうまは……　これらの青銅の馬は、はじめコンスタンチノープルからヴェニスへはこばれてきたのだが、やがてパリへ持ち去られ、ふたたびヴェニスへかえった。
＊なげきの橋　ヴェニスの橋の名。囚人《しゅうじん》が裁判所から牢獄《ろうごく》へひかれていくときに渡《わた》ったのでいう。
＊婚約の指輪が……　昔、ヴェニス共和国の総督《そうとく》がキリスト昇天《しょうてん》祭にアードリア海に船を乗り出し、指輪を投げて海の女王との婚約のしるしとした儀式《ぎしき》のことをいう。これで海上の支配権を表わした。

第十九夜

『わたしは、ある大きな劇場《げきじょう》を見おろしたことがあります』と、月がいった。

『小屋はもう、見物人ではちきれそうになっていましたが、それは、ひとりのあたらしい役者が、初出演《デビュー》する日にあたっていたからです。わたしの光は、壁《かべ》のちいさな窓ごしにすべっていきました。するとおけしょうした顔がひとつ、ひたいを窓ガラスにおしつけていました。それがつまり、こよいの主人公だったのです。騎士《きし》のひげが波うつように頤《あご》からたれていましたのに、男の目にはなみだがうかんでいました。彼はあざけりの口笛《くちぶえ》でつれなくも舞台《ぶたい》から追われたのでした。しかも、そうなるには、もっともしごくなわけがあったのです。ほんとうにきのどくな若者でした。でも、こと芸術の世界にあるかぎり、才能のない人間がいれられないのは、またあたりまえすぎる鉄則といわねばなりません。この男にはふかい感情もあり、芸術を愛する点でも、ほんとうにいっしょうけんめいでした。でも、芸術のほうからは、彼をかわいがろうなど、それこそ考えてもいなかったのです——舞台監督《ぶたいかんとく》のベルが、りんりんと鳴りひびいていました——台本には、おめずおくせず勇気にみちみちて主人公登場す、と書いてありましたのに——でも彼はほんのさきほど、じぶんをやじりたおした見物人の前に、出ていかねばならなかったのです。

——そのおしばいが終わったとき、わたしの目に、すっぽりとマントにくるまって、階段を追われるもののようにおりていく、男のすがたがうつっていました。道具かたがこそこそ耳打ちしている話によると、それはまさしくこよいの「追いやられた騎士」だったのです。わたしは罪人のあとをつけて家まで出かけ、さらにへやの中へついていきました。首をくるのはみっともないし、毒薬はおいそれと手もとにあるわけでもない——と、いまこの男がとつおいつ思いまどっているのは、このふたつの考えでした。そのことなら、このわたしにもよくわかっていたのです。わたしの光は、青ざめた顔を鏡にうつしながら、目を半眼にひらいている男のすがたを、見つめていました。男はたぶん、こうしてしかばねになったときのようすが、はたしてひと目にも美しく見えるかどうか、たしかめたいと思っていたのでしょう。ひどく不幸になったときでさえ、人間はやはりみえのことを気にしたがるものなのです。彼は死ぬこと、自殺することを考えていました。彼はひとりで泣いていました。心もはりさけんばかり泣いていました。でも十分に泣きつくしたあかつきには、もう自殺などできなくなるのが、ふつうの人間なのです。それからまる一年の年月が流れていきました。そのときわたしが見ましたものも、やはりおしばいにちがいはなかったのですけれど、それはちいさな小屋にかかった、旅まわりのみすぼらしい一座《いちざ》でした。そしてわたしは、もういちどむかしなじみの顔を見たのです。けしょうしたほおと、ちぢれたひげが目にうつりました。その男もまたわたしの方を見あげて、ほほえんでいました――しかしこのときも、彼はほんの一分たつかたたない前に、このみすぼらしい劇場で、やじりたおされていたのでした。以前のときと同じように、いじわるな見物人の口笛で追い立てられたのです！――その夜、あわれな死がいをのせた柩《ひつぎ》の車が町の門を通って、ごろごろところがっていきました。つきそいの人影《ひとかげ》も見えはせず、われとわが手で自殺したあの主人公だったのです。おけしょうをして、見物の口笛に追われた、わたしたちの俳優《はいゆう》だったのです。道づれは車に乗った馭者《ぎょしゃ》だけで、月のわたしをのけたらさいご、たれひとりつきそうものもいはしませんでした。自殺者は、墓地のへいぎわにあたる片すみにうめられて、やがてはここの地面にも、いらくさの茎《くき》がぱんぱんにのびひろがることでしょう。そして墓ほりの男は、ほかの墓からむしり取ったいばらや雑草を、その上へ投げすてることでもありましょう』

第二十夜

『わたしは、ローマから来たところです』と、月はいった。

『町の中央には、七つの丘《おか》がつらなりあい、くずれた王宮のあとがのこっているのは、そのなかのひとつなのです。城かべのやぶれ目にはえた野生のいちじくが、広い灰《はい》いろがかったみどりの葉っぱで、はげちょろになった壁《かべ》を、いちめんにおおっていました。こわれた建物の、うずたかく積もった破片《はへん》のあいだに首をつっこんだろばが、みどり色のげっけいじゅのいけがきをふみつけふみつけ、やせたあざみをたべています。

そのむかし、ローマのわしがとんできて、「来たり、見たり、われ勝てり」*と告げたとかいうこの場所へ通じるには、二本のこわれた円柱にとりかこまれ、ねんどでこねてつくりあげた、みすぼらしい小舎《こや》を通るほかはなかったのです。そのゆがんだ窓をおおうようにたれさがったぶどうのつるは、なにかしらおとむらいの花輪を思い出させるのでした。そこにはひとりのおばあさんが、ちいさな孫娘《まごむすめ》といっしょに住んでいて、いまこの宮殿《きゅうでん》を支配しながら、外国のひとびとにうずもれたたから物を見せていたのです。ゆたかな玉座《ぎょくざ》の広間に、いまなおのこったものといえば、ただはだかになった壁だけで、黒いいとすぎが長い影《かげ》を投げかけながら、玉座のあったかつての場所を指さしていました。土くれはこなごなにこわれたたたきの上にうずたかくつみかさなり、いまは宮殿の姫君《ひめぎみ》であるちいさな女の子が、そこのひくいしょうぎにこしをかけて、夕方のかねが鳴りひびくのをきいていました。すぐそばにある戸口のかぎ穴を「あたいのバルコン」* とよんだのは、この子だったのです。それはここのかぎ穴から、聖ペテロ寺院* の大きなまる屋根にいたるローマ市の半分が、はろばろと見はるかされたからでした。家へひきかえす子供の上に、わたしの光がいっぱいに落ちかかったとき、こよいもここはつねにもかわらぬしずけさでした。水のはいった古代ふうのねんどのかめを頭にのせ、子供はやはりはだしのままです。みじかいスカートも、ちいさなそで口も、ぼろぼろにやぶれてはいましたけれど、わたしはその子のほそくまるい両肩《りょうかた》と、くろいふたつのひとみと、ぬれ羽《ば》いろにかがやくかみの毛に、キッスしてやりました。子供は家の方へ通じる急こうばいの石段を、とことこと登ってまいります。それは石かべのかけらや、くずれ落ちた円柱の頭から作った石段で、足もとの地面をきらきらと、五色にかがやくとかげのかげが、かすめるように通りすぎていきました。でも、女の子はいっこうにおどろくけはいもなく、はやもう手をのばしてかねを鳴らそうと身がまえました。そこにはいま、宮殿の鈴《すず》の引きてがわりに、うさぎの前足がたった一本、たれさがったひもに結びつけてあったのです。そのとき子供は、ふと手をやすめました。いったい、なにを考えたのでしょうか。たぶん金と銀の着物を着て、下のらいはい堂に立っていらっしゃる、幼児キリストさまのことでも思い出したのではなかったでしょうか。そのお寺には、いましも銀色のランプがきらきらとかがやいて、ちいさなお友だちが讃美歌《さんびか》をうたいはじめたところでした。その歌なら、この子とてもよくよく知っていたのですけれど、でもほんとうのことは、わたしにだってわかりはしません！　やがてまたちいさなからだがうごきだしたかと思うまに、その子はなにかにつまずいたらしいようすです。ねんどのかめが頭から落ちて、みぞみたいにくぼんだ大理石のしき石にかたりとあたり、見るかげもなくこわれてしまいました。子供はなみだをながして泣きました。宮殿のみめうるわしい姫君が、とりえもないこわれたかめをかなしんで、こんなにもさめざめと泣くのです。はだしの足でつっ立ったまま、子供はいつまでも、しゃくりあげているではありませんか。ですから、宮殿のベルのひき手をひくことさえも、なかなかにできかねることだったのです』

＊「来たり、見たり、われ勝てり」　ローマの将軍シーザーが言ったことば。
＊バルコン　バルコニー。出窓。
＊聖ペテロ寺院　キリスト旧教の中心。ローマにある。

第二十一夜

月がすがたを見せなくなってから、はやもう二週間以上になる。その月もこよいは久かたぶりに顔をあらわして、おもむろにのぼってゆく雲の上に、まるく明るくかがやいていた。月がわたしに話してくれた物がたりをきくがよい。

『フェッツァーン*のある町から、わたしは隊商《キャラバン》のあとをつけつけすすんでいきました。彼らが立ちどまったのは、砂漠《さばく》を前にひかえた、ある岩塩平地*の上でした。それはあたかも氷面のように、きらきらと光りかがやいて、流砂《りゅうさ》*におおわれているのは、ごくわずかな地面だけでした。長老の男が――おびかわには水筒《すいとう》をぶらさげ、塩けのないパン入りのふくろは頭のそばにおいてありました――杖《つえ》をあげて、砂のあいだに四角をほると、そのなかにコーラン*の文句をふたつ三つ書きこみました。隊商《キャラバン》のむれは、このきよめられた場所をこえて進むことになったのです。そのひとみと美しいすがたから、このわたしにもひと目でわかった「太陽の子」の、まだうらわかい商人は、ふかい思いにしずみながら、はげしい鼻息をたてつづける白馬の上に端然《たんぜん》とまたがっていました。美しい若妻《わかづま》のことでも、考えていたのではありますまいか。毛皮と、ねだんの高い織物にかざられたらくだが、美しい花嫁《はなよめ》をせなかに乗せて、町の城壁《じょうへき》をめぐり歩いたのは、まだ二、三日まえのことでしたのに。その日は、太鼓《たいこ》やふくろ笛《ぶえ》がりょうりょうと鳴って、女たちの歌があかるくひびいていましたっけ。それからなおら、くだのまわりには、お祝いの大砲《たいほう》が、ぱんぱんと鳴りひびいていたのですよ。たれよりも数多く、たれよりも強い鉄砲《てっぽう》を打ったのは、むろんあのわかい花婿《はなむこ》でした。その男が、いま隊商《キャラバン》にまじって、この砂漠を通っていくのです。いく夜かのあいだ、わたしはそのあとを追いながら、曲がりくねったやしの木かげの泉《いずみ》にいこう彼らのすがたを見てきました。そこで、ひとびとはあい口を、たおれたらくだの胸につきさして、その肉を火であぶるのでした。やけただれた砂をひやしたのもわたしの光でしたし、大きな砂海のなかで隊商《キャラバン》のひとびとに黒い岩のかたまりや、死にたえた島々を見せてやったのも、やはりわたしの光だったのです。人跡未踏《じんせきみとう》の道の上でも、さいわい彼らは敵のやからに出あわないですみました。そしてあらしも起こらず、生きものという生きものを死にたやす砂柱も、彼らの上を通りすぎはしなかったのです。故郷《こきょう》では美しい妻がおっとと父のためにおいのりをあげていました。「あのひとたちは死んだのでしょうか?」と、その若妻はわたしの金色にかがやく半月にむかって、こうたずねかけるのです——ありがたいことに、いまはようやく砂漠もついにふみこえてきたひとたちでした。そしてこよいはみんなひとかたまりになって、高いやしの木かげにすわっていました。そこでは長い翼《つばさ》をひろげたつるが、ぐるぐるとまわりをとんで、ペリカン鳥は、ミモザの枝から、じっとこちらをながめています。いっぱいにしげった灌木《かんぼく》の藪《やぶ》が、ぞうの足にふみひしがれて、いま黒人のむれが、なおはるか奥地《おくち》にある市場の方から帰ってくるところでした。黒い髪《かみ》の毛に銅のボタンをかざり、あい色のスカートをはいた女たちが、荷物をつんだ牡《お》うしのあとから、とことことあるいてきます。うしの背には現地人の子供がうとうととまどろんで、なかには買ってきたライオンの仔《こ》を、なわの先にむすびつけて、しゃんしゃんとのしていく現地人もいたようでした。いま隊商《キャラバン》の方へちかよってくる一団は、このような現地人のむれだったのです。わかい商人は、端然とことばもなくすわったまま、美しい妻のことを考えていました。黒人の国にいて、彼がゆめに見るものは、はるか砂漠のかなたにあるまっ白な、ほろほろとにおいも高い花のことだったのです。その彼がいま頭をあげました——』

雲が、つぎからつぎへとひとつずつ、月のおもてをかすめていく。その夜はわたしも、もうそれ以上きくこともなかった。

＊フェッツァーン　サハラ砂漠北部の一地方。
＊岩塩平地　岩塩が地上にあらわれているところ。
＊流砂　水をふくんだ動きやすい砂。
＊コーラン　回教の聖典。

第二十二夜

『わたしはちいさな女の子が、泣いてるところを見たのですよ』と、月がいった。『浮き世《うよ》のつれなさに泣いてたのですね。その子は、とても美しいお人形をもらったのですが、それはほんとうにかわいいお人形でした。みやびやかで、きれいで、まったくの話が不幸な日の目にあおうとて、この世へ生まれてきたのではなかったのです。ところが子供の兄さんの、大きな男の子たちが、そのお人形をひったくって、お庭の高い木にほうりあげると、そのままにげてしまったのです。ちいさな子供は、お人形のところへ登っても行けず、かといってそれを助けおろすこともできませんでした。ですからその子は、おいおいと声を立てて泣いていたのです。お人形もきっと、いっしょになって泣いていたにちがいありません。みどりの小枝のあいだから、両手をつんとのばしたまま、いかにも悲しいといいたげに、べそをかいていましたからね。これがママのよくおっしゃる、浮き世の悲しみとかいうものなのでしょうか。ああ、ほんとうにかわいそうなお人形！　いつかたそがれの色がせまって、まもなく夜になってしまったら！　お人形はひと晩じゅう、このおんもの木かげにしょんぼりすわっていなければならないのでしょうか。いいえ、そう思うだけでも子供の胸は、はやもうはりさけんばかりになってくるのです。「あたい、あんたのそばにいてあげるわよ」と、そういってはみましたものの、だからといってこわくないわけではなかったのです。子供のまるいふたつのおめめは、高いとんがり帽子《ぼうし》のちいさな魔女《まじょ》が、はやもう藪《やぶ》のうしろから、きらきらのぞいているかげを、見ているように思いましたもの。おまけに、くらい坂道からは、でっかいゆうれいがぴょんぴょんおどって、じりじりこちらへやってくるのです。両方の手を、お人形ののっかった木の枝へひろげて、なにやらおどけた軽口をたたきたたき、しきりとその方を指さししめしているではありませんか。ほんとうのところ、子供はこわくてこわくて、しかたなかったのです！

「でも悪いことさえしなければ」と、いちおうそうも考えました。

「そしたらどんな悪者だって、おいたなんかしやしないわね。あたいなにか悪いことしたかしら？」　それから子供は、なおも考えつづけるのでした。「ああ、そうそう」と、やがて子供はいいました。「あたいあんよに赤いきれつけた、かわいそうなあひる、の子をわらったことがあったっけ。あの鳥がなんだかこうおかしなふうに、足を引き引きあるいてたものだから、なんともかんともわらわないわけにはいかなかったんだわ。でも、動物のことわらうなんて、やっぱり悪いことじゃなかったかしら？　あんたもけものを見て、わらったりしたのでしょ！」子供はそういいながら、お人形の方をじっと見あげるのでした。でも、お人形はこんなふうに頭をふって、いやいやしたように見えましたよ』

第二十三夜

『わたしはティロール*を見おろしていました』と、月はいった。

『そして黒いえぞまつの長い影《かげ》を、岩石の上に投げかけたのです。わたしは幼児キリストさまが肩《かた》に乗っかった聖者クリストフ*をながめていました。その絵は、ここの家なみの壁《かべ》に、地面から屋根までもとどくような、とてつもない大きさでかいてあったのです。聖者フロリアン*は、もえあがる家に水をかけていましたし、キリストは血まみれになって、道ばたの大きな十字架《じゅうじか》にかかっていました。この古い絵すがたは、すべてあたらしい時代のひとびとのためにえがかれたものでした。でもわたしは、それらのものが、ひとつひとつつくられていったのを見てきたのです。山の中腹《ちゅうふく》にあたる高みには、つばめの巣のように、ひとつの尼僧院《にそういん》がしょんぼり立って、屋上の塔《とう》の中では姉妹の女がかねを鳴らしていました。まだうらわかい年ごろでしたので、ふたりの目は山々をこえて、はるか浮き世の方へととんでいきます。目の下の国道を、一だいの旅行馬車がかけぬけるとき、郵便馬車のらっぱは、りょうりょうと鳴りわたるのでした。するとあわれな尼僧たちは、同じ思いにかりたてられて、車のあとをじっと見おろしています。妹の目にはなみだのつゆがたまっていました――やがてらっぱのひびきがだんだんと弱まり、そのかすかななごりの音を打ち消すように、僧院のかねがころんころんと鳴りひびくのでした』

＊ティロール　オーストリア西部とイタリア北部の地方。
＊聖者クリストフ　交通を保護する聖者。幼児キリストをせおって川を渡《わた》り、洗礼を受けたという。
＊聖者フロリアン　水害、火災から人を守る聖者。迫害《はくがい》にあって殉教《じゅんきょう》した。

第二十四夜

月の物がたる話をきくがよい。

『もうずっとむかしのこと、わたしはこのコペンハーゲン*で、あるみすぼらしい小べやを、窓ごしにのぞいたことがありました。父親も母親もすでにねむっていましたが、ちいさな男の子はまだねついてはいませんでした。と、花模《はなも》様《よう》のついたもめんのカーテンが波のようにうごいて、ベッドの外をのぞく子供のすがたが目にとまりました。はじめわたしは、大時《おおど》計《けい》を見るんだなあと考えました。時計には、みどりや赤のいろどりが美しくほどこされて、てっぺんにはかっこうがすわっていました。そのうえ、鉛《なまり》のおもりがずっしりとたれさがり、きらきら光るしんちゅう板のふり子をちくたくとゆすっていたのです。でも子供が見ようとしたものは、この時計ではありませんでした。いいえ、ちいさな男の子は、ちょうど時計のま下においてあった母親のつむぎ車を見ていたのです。それはこの家じゅうで、子供のいちばん気に入った品物だったのですけれど、それに手をふれることはぜったいにきんもつでした。ちょっとでもさわりそうなかっこうをした日には、すぐにも、ぱんと指さきをはたかれたのですから。母親が糸をつむぐとき、子供はいつもぶんぶんうなる紡錘《つむ》と、ぐるぐるまわる車とを、何時間もながめつづけて、あきようともしませんでした。そして、子供はいつもじぶんだけの考えにふけっていたのです。ああ、僕《ぼく》もこの糸まきざおでつむぐことができたらなあ！　父親も、母親もねむっています。子供はふたおやの方をふり向くと、こんどはずっとつむぎ車の方をみつめています。それからにじり出るように、ちいさな素足《すあし》がベッドをすべり、やがてもう一方のちいさな足もあらわれてきました。こうしてとうとう細いはだかの足が二本とも出てきたのです。「ことり」と音がして、子供は床《ゆか》につっ立ちました。それからもういちどうしろの方をふり向いて、ふたおやのねむりが本ものかどうか、うかがうようなそぶりです。ほんとうに父親も母親もねむっていました。と、こんどはみじかい下着にくるまったまま、子供はこっそりとつむぎ車の方へあるいていきます。そして、とうとう車をまわして、つむぎはじめたのです。糸がわくからはねとばされて、車ははるかに速い速度で、ぶんぶんまわってゆきました。わたしは、子供のブロンドの髪《かみ》と、水色の目にキッスしてやりました。それは、なんともかんともいえないくらい、かわいらしい光景だったのです。

と、そのとき、母親が目をさましました。カーテンがゆらりと動いて、外をのぞいています。母親は、妖精《フェアリー》かさもなければ、ほかのちいさな精霊《せいれい》でも見かけたように思ったのでしょう。「あら、まあ！」と母親はおそれにふるえて、おっとのわき腹をこづきました。ひとみをひらくと、父親は目をこすりこすり、せっせとつむぎつづける子供の方をながめやりました。

「ありゃ、ベルテルじゃないかい」とおとうさんはいいました。

わたしの目は、このみすぼらしい小べやをすてて、外の方へ向きました――だってわたしはいつも広い世界を見わたしているのですから！――その同じころわたしは大理石の神々が立っておられるバティカン*の広間を、ながめていました。ラオコーンの群像*を見ていたら、なんだか石がためいきでもつくように思えてきました。わたしはミューズ*の胸に、そっとくちづけしました。と、その胸がほのかにも高まるように見えるじゃありませんか。でも、わたしの光が、なににもまして長くとどまっていたのは、あのナイルの岸べに立ちならぶ、大きな神々の群像でした。その神は、スフィンクスに身をよせかけて、あたかもうつりかわる年月のことを考えるように、ゆめみがちな顔つきで横たわり、そのまわりには、ちいさな愛《アモール》＊の神たちが、わにを相手にたわむれていました。宝角《たからづの》＊のなかにすわったちびの愛《アモール》の神が、両うでを胸にくんで、しさいありげな顔つきをした、大きな川の神をながめていました。それは、つむぎ車のそばにこしかけていた、こがらな子供そっくりでした。ここには、ちいさな大理石の子供が、さながら生けるもののように、とろりとした顔つきで、立っています。でも、その子が石のなかからぬけ出ていらい、はやもう年月の車は、千回以上もまわりました。みすぼらしい小べやにすわった男の子が、車をまわしたのと同じ数だけ、もっと大きな年の車も、ぶんぶんうなりを立てながら、まわりつづけていったのです。しかも、それはきょうの世に、もういちどあのような大理石の神々を、つくり出せる日がやってくるまで、まわりつづけていくことでしょう』

『ごらんなさい！　それはもうずいぶん古いむかしのことでした』と、月は話をつづけていった。

『きのうの夕方、わたしはゼーラント＊の東岸にある、どこかの入《い》り江《え》を見おろしていました。そこには、美しい森や、小高い丘《おか》や、赤い土べいをめぐらした古い騎士《きし》のやかたや、そのかみの外ぼりにうかんだはくちょうや、果樹園《かじゅえん》にかこまれた教会のあるちっぽけな村などが、ならんでいたのです。しずかな水のおもてを、それぞれにたいまつをとぼしたたくさんの小舟《こぶね》がすべっていきました。でも、そのたいまつはうなぎとりの火ではなくて、お祝いのためのかがり火でした。音楽が鳴りひびき、歌声もまたきこえてきます。そして、きょうお祝いを受けるそのひとは、ある小舟のまんなかに立っていました。それは、大きなマントにくるまった、ふとり肉《じし》の大男で、青い目と長いしらがきらめいていました。そのひとは、このわたしにもちゃんとおぼえがあったのです。そのときわたしは、ナイルの群像をかざったバティカンと、ありとあらゆる大理石の神々を、思いうかべていました。それからまた、みじかい下着にくるまったベルテルが、つむぎ車のそばにすわっていた、あのみすぼらしい小べやのことも、そこはかとなく思い出されてきたのです。年月の車がくるくるまわって、いまやあたらしい神々が、石の中からあらわれるときでした――むらがる小舟のなかから、わっというよろこびの声が鳴りひびいています。「ベルテル・トルヴァルトゼン*ばんざい！」と』

＊コペンハーゲン　デンマークの首都。

＊バティカン　ローマのバティカンにある法王の宮殿《きゅうでん》。
＊ラオコーンの群像　ラオコーンはギリシア神話に出てくるトロイの神官。ギリシア軍が計略に使った木馬を疑って城内に入れなかったため、神の怒《いか》りにふれて二人のむすこといっしょに大蛇《だいじゃ》にしめ殺された。そのもようをあらわした有名な彫刻《ちょうこく》がある。
＊ミューズ　文芸・学術をつかさどる九人の女神《めがみ》。
＊アモール　ローマ神話に出てくる愛の神。子供の姿をしている。
＊宝角　やぎのつのに花やくだものを盛って豊作を祝うしるしとしたもの。
＊ゼーラント　デンマークの島の名。
＊ベルテル・トルヴァルトゼン　一七六八―一八四四。デンマークの有名な彫刻家。

第二十五夜

『フランクフルト*のある光景を話してあげましょう』と、月はいった。

『わたしがこの町に来て、とくべつ念いりにながめたたてものは、むろんゲーテ*のうまれた家でもなければ、いまでも格子《こうし》のはまった窓のうしろに、皇帝戴冠式《こうていたいかんしき》*のそのみぎり、あぶり肉に作られて、紳士淑女《しんししゅくじょ》のごきげんをおうかがいした、牡《お》うしの角そのままに、とっておかれた頭蓋骨《ずがいこつ》が、いともみごとにかざってある、あの古い議事堂でもなかったのです。それは、せせこましい小路《こうじ》の片すみに、しょんぼりとわびしげにつっ立った、みどり色のしもたやでした。はっきりいえば、ロスチャイルド家*の住まいだったのです。わたしはそのなかを、明け放したままの戸口から、のぞいて見ました。階段にはあかあかと灯《ひ》がともり、重そうな銀の燭台《しょくだい》にもえるろうそくをささげた召使《めしつかい》どもが立ちならんで、いましも轎《かご》のまま階段をはこんでこられた老婦人に向かって、いともふかぶかと頭《こうべ》をたれるところでした。さきほどから帽子《ぼうし》をぬいで、ここに待っていた家の主人が、つと老婆《ろうば》の手をとって、うやうやしくせっぷんしていました。それは、主人の母親だったのです。老婆が息子《むすこ》と召使にしたしげなえしゃくをおくると、ひとびとは輔をかついで、せまい小路のちいさな家へとはこんでいきました。この住まいに老婆は年ひさしくも住み古していたからです。いく人かの子供をうんだのもその家でしたし、子供たちのために、幸福が花のように開いたのも、やはりこの住まいでした。もしもいま、そのいやしい小路と、ちいさな家を見すてたら、おそらくは、幸福もまた息子たちに背を向けるであろう——というのが、いわば老婆の考えだったのです！』

月はもう、それ以上話そうとはしなかった。こよいのおとずれはほんとうにみじかすぎるものではあったけれども、わたしはひとのさげすむせまい小路に、わび住みくらす老婆のことを、考えないではおれなかった。母の口からたったひとこともれさえすれば、たちどころに光りかがやく館《やかた》のかまえが、テームズ河《がわ》*のその岸に、そそり立ったであろうものを。たったひとこといいさえすれば、ナポリの町の入《い》り江《え》にそって、きらをかざった別荘《べっそう》が、造《つく》られたでもあろうものを。

「息子たちの幸運が、さく花にも似てにおいわたった貧しい家を、もしも見すてていったらさいご、おそらくはまたその幸福も、息子たちからはなれるであろう」――これはたしかに、迷信《めいしん》であった。それにしても、いまこの話をきくたびごとに、このような絵を見るたびごとに、まことの意味を理解するには、おそらく「母親」というふたつの文字を、書きしるさねばならぬ種類の、迷信ではなかったろうか！

＊フランクフルト　ドイツ西部、ライン川の支流の岸にある都市。

＊ゲーテ　一七四九―一八三二。ドイツの詩人。「若きヴェールテルの悩《なや》み」「ファウスト」などを書いた。

＊皇帝戴冠式　フランクフルトでは代々の神聖ローマ皇帝が即位式《そくいしき》を行なった。

＊ロスチャイルド家　世界的な金融《きんゆう》業者の一家。ユダヤ人ロスチャイルドがフランクフルトに国際銀行を開いたのがはじまり。のち四人の息子が各国で独立に銀行を作ってヨーロッパの金融界を支配した。

＊テームズ河　イギリス東南部の川。ロンドン市を通って北海にはいる。

第二十六夜

『それはきのうのあけがたでした』と、これは月のことばである。

『大都会のなかで、煙《けむり》をあげているえんとつは、まだひとつも見えませんでした。それなのにわたしがながめていたのは、やはりこれらのえんとつだったのです。と、そのひとつから、ふいにちいさな頭が出てきたかと思うまに、すぐまたつづいて半身があらわれ、両腕《りょううで》をえんとつのふちにささえて、からだをのりだすものがいるではありませんか。「ばんざい！」それはうまれてはじめてえんとつをてっぺんまではいのぼり、頭をちょこんと出すことのできた、えんとつそうじのみならい小僧《こぞう》でした。「ばんざい！　こりゃたしかに、くらいちまちましたストーヴのなかをはいずりまわるのとは、ちとわけがちがうようだぞ！」そよ風がさわやかにふいて、町ぜんたいがあのみどりにけむる森のあたりまで、見わたされました。ちょうどお日さまがのぼるところです。まるく大きく太陽は、えんとつ小僧の顔をてらしていました。煤《すす》でもののみごとにぬりたくられてはいましたが、その顔はよろこびにかがやいていました。「ほうれ、町ぜんたいが見えるじゃないか！」と、彼はいいました。「お月さまだって、お日さまだっておいらとこう、向かいあいなのさ！　ばんざい！」そうさけびながら、えんとつ小僧はほうきをやみくもにうちふるのでした』

第二十七夜

『ゆうべわたしは、ある中国の町を見おろしていました』と、月はいった。

『わたしの光にてらし出されたながいはだかの土べいが、ずっと町をつくっていました。そこここには門もありましたが、どれもこれもかんぬきをおろしたままでした。およそ中国人は、外の世界のことなんか、考えてもいないからです。あついよろい戸が、背戸《せど》の窓をおおって、窓ガラスごしによわよわしい光をとおしてくるのは、ただお寺だけでした。そこからのぞきこむと、ぱっとはなやかなとりどりの色が、目いっぱいにうつってきます。床《ゆか》から天井《てんじょう》まで、いちめんにかかっているのは、いろどりもまばゆい金泥《きんでい》の絵すがたで、それは、この下界における仏たちのいとなみを、えがいたものでした。ひとつひとつの龕《がん》*のなかには、み仏の立像が立ってはいましたけれど、でもそれは、色とりどりの幔幕《まんまく》や、たれさがった旗のたぐいで、ほとんどすっかりかくされているようでした。そして、仏たちの前には——それはみんな錫《すず》でこしらえたものです――ちいさな祭壇《さいだん》があって、お水やお花や、もえるお燈明《とうみょう》などのかざりつけがしてありました。でも、み堂の高いところには、最高のみ仏である仏陀《ぶつだ》のおすがたが、こうごうしい絹の黄衣《こうえ》につつまれて、立っていました。その祭壇の足もとにうずくまる、生きたひとかげは、ひとりの、まだうらわかい僧《そう》のすがただったのです。その坊《ぼう》さまは、勤行《ごんぎょう》のとちゅうらしくも見えましたけれど、でも、おいのりのあいだ、ときどきふかいもの思いにふけるようにも見うけられました。そして、それはたしかに、ひとつの罪だったのです。彼のほおはあかあかとほてり、頭《こうべ》はふかぶかとたれさがっていたのですもの。かわいそうな青范《せいはん》*よ！　おそらくは、ながい小路《こうじ》の土べいにかくれ、どの家の前にもあるささやかな花壇《かだん》のなかで、はたらきつづける自分のすがたを、ゆめに見ていたのではありますまいか。青范には花つくりのほうが、お堂のなかでろうそくのお番をするよりも、はるかにこのましかったのではありますまいか。それとも、山海の珍味《ちんみ》をならべた食卓《テーブル》について、ひと皿《さら》たべるそのたびごとに、薄葉《うすよう》紙で口などふける身分になりたいものだと、あこがれ望んでいたのでもありましょうか。でなければ、あまり大きな宿業《しゅくごう》ゆえに、ひとたび白状した日には、ごくらくにいますみ仏が、死の懲罰《ちょうばつ》をおくだしにならねばならぬ、といった種類のものでもあったのでしょうか。彼の想像は南蛮人《なんばんじん》の船にのって、思いきり、はるかかなたに横たわるイギリスまで、のがれ去っていたのではありますまいか？　いいえ、青范の思いがかようところは、そんなに遠い土地ではなかったのです。でも、それは、ただわかい血《ち》汐《しお》からだけ生まれるような、まことに罪ぶかいものでした。み堂のなかの、仏陀やみ仏の前では、たしかに罪ありといわねばならぬ種類のものだったのです。わかい僧侶《そうりょ》の考えがたちまようところは、このわたしにも、よくよくわかっておりました。町のはずれには、平らな敷石《しきいし》をしいた屋敷があって、そこのらんかんはせとものでこしらえてあるらしく、白い大輪のふうりんそうをいけた美しい花びんが、おいてあったのですが、ここにたおやかな萍女《へいじょ》*が、いたずらっ子らしい細い目と、ふくよかな口をして、すわっていたのです。沓《くつ》は彼女の足を、いたいほどしめつけてはいましたものの、でもそのほかに、もっとも心をおしつけるものがありました。きゃしゃな、のみで刻《ほ》りでもしたような腕《うで》をあげると、しゅすの衣裳《いしょう》が、さらさらと音をたてます。目の前には、ガラスの器《うつわ》がおいてあって、そのなかを四匹《ひき》のきんぎょが、ひらひらと泳いでいました。いま萍女は、五色《ごしき》のうるしをぬった長い箸《はし》で、ゆっくりと、ほんとうにゆっくりと水をかいています。そうしながらも、萍女の頭はまったくほかの思いでいっぱいだったのです――きんぎょはなんてゆたかな金色《こんじき》の着物をきているのであろう。ガラス器のなかでなんてやすらかな暮らしをしながら、なに不足もなく食物をあてがわれているのであろう。でも、自由にさえなったら、もっと幸福なんだわ――とでもいうような考えに、ふけっていたのではありますまいか。たしかに萍女は、きんぎょの思いを感じることができました。彼女の考えは、いまふたおやの家からさまよい出て、お寺の方へといそいで行きます。でも、その思いは、けっしてみ仏のそばにとどまるのではありませんでした。かわいそうな萍女、そしてかわいそうな青范！　人の子であるふたりの思いは、こんなふうにしてめぐりあうのです。でも、わたしのつめたい光は、あたかも大天使のやいばのように、ふたりのあいだをわけへだてていました』

＊龕　仏像をしまう、両開きの扉《とびら》をつけたいれもの。
＊青范　原文ではスイ・フン。音にしたがって字をあてた。
＊萍女　原文ではペー。

第二十八夜

『海はきらきらかがやいていました』と、月がいう。『水はすみきった空気みたいにすきとおっていましたから、わたしはそのなかを帆走《ほばし》りながら、海面のずっとふかくにめずらしい海草を見つけることもできました。それは森の大きな木のように、いく尋《ひろ》にものびきった茎《くき》をわたしの方へさしあげて、そのいただきを魚のむれが泳いでいました。大空たかく野生のはくちょうが、群《む》れをくんでとんでいます。と、そのなかの一羽《わ》が力おとろえ、だんだんひくくおりてきました。その目は、しだいに遠ざかる空の旅行群《キャラバン》を追いつづけていましたけれど、でも、羽をいっぱいにひろげ、なごやかな虚空《こくう》にうかんだしゃぼん玉のように、しずしずとまいおりて、やがて水にふれるやいなや、頭をつばさのあいだにつっこんだまま、しずかにういていたのです。それはあたかも、おだやかな入《い》り江《え》にただよう白いはすの花みたいでした。やがて風がおこって、光りかがやく水のおもてを、ざわざわとゆりうごかします。水はエーテルのようにきらめきながら、幅《はば》ひろい大波になってうちよせるのでした。はくちょうがつと首をあげました。かがやく水が、青い火みたいに、胸と背なかをあらっていきます。あけぼのの光が、ばら色の雲といっしょになって、照りはえていました。はくちょうはよみがえったように立ち上がると、昇りゆく太陽めざして、青みがかった左の岸べの方へ、とんでいきました。そこは、きのうもあの空の旅行群《キャラバン》が、旅していったところなのです。でも、そのはくちょうはただひとり胸にあこがれをだいて、とんでいきました。波たちさわぐ青海原《あおうなばら》をこえこえ、ひとりさびしくとびつづけてゆくのです』

第二十九夜

『スウェーデンの光景を、もうひとつ話してあげましょう』と、月はいった。

『ウレタの古ぼけた僧院《そういん》は、ロックス湖のうらがなしい岸べにそった、暗いもみ林のなかにあります。わたしの光が、土べいのこうしごしにすべっていった、高い丸天《まるてん》井《じょう》のへやには、そのかみの王さまたちが、重い石の寝棺《ねかん》にねむっていたのです。頭上の壁《かべ》には、浮《う》き世《よ》の栄華《えいが》をほのめかすように、たったひとつの王冠《おうかん》が、ひと目をそばだてさせていました。でも、それは木にえがいた金めっきの冠《かんむり》で、一本の木くぎが壁にとめていたのです。金泥《きんでい》をほどこしたその木も、はやもう虫に食いあらされ、王冠と柩《ひつぎ》のあいだには、くもの巣がはりめぐらされて、おとむらいの旗のかわりをつとめていました。人間のかなしみ同様、まことにはかないすがたではありませんか。なんとまあしずかに、王さまたちはねむっておられることでしょう。そのひとたちのおもかげは、いまでもまだはっきりと、思いだされてきますのに！　くちもとにうかんだ不敵なほほえみをなおも見つづけるような気がしていますのに。それはかつてひとびとの胸に、悲しみやよろこびを、あんなにも強く、あんなにもはっきりと、うちひろげていったはずですのに——。汽船が魔法《まほう》のお船のように、山々のあいだを通りすぎるとき、しばしば外国のひとがこの寺をおとずれて、丸天井のここの墓場におまいりし、王さまたちの名前をたずねかけますが、でも、そのひびきは、聞くひとの耳に、死んだもの、わすれられたものとなって、流れ過ぎるだけです。虫に食われた王冠を見あげながら、ひとびとの顔には、ほほえみのかげがかすめていくではありませんか。もしもそのひとが、まことつつましい心の持ち主であるときには、このような微笑《びしょう》のなかにも、そこはかとないうれいの色が、たちまようのでした。ねむれ、死者たちよ！　月は君たちをおぼえている。月は夜な夜な、君たちのしずかな王国へ、つめたい影《かげ》をおくってあげる！　頭の上にもみの木の王冠《かんむり》をかけたあの王国へ！』

第三十夜

『大通りのすぐそばに』と、月がいった。

『一軒《いっけん》の居《い》酒屋《ざかや》があって、そのまた正面には、ちょうど屋根をふいたばかりの馬車小屋がありました。わたしは桷《たるき》と、あけ放しになった天井《てんじょう》窓から、不快なへやをのぞいて見たのです。梁《はり》の上には、しちめんちょうがねむって、からっぽのまぐさおけのなかには、うまの鞍《くら》がいれてありました。旅行馬車は小屋のまんなかにおかれて、主人の家族は、まだ白河夜《しらかわよ》船《ふね》とねむりつづけていましたが、うまにはもう飼料《かいば》と水があてがわれてあったのです。馭者《ぎょしゃ》は道の半分以上も、ぐっすりとねむってきたはずですのに、その手足をいぎたなくのばしていました。馭者べやへ通じる戸はあけ放しになっていて、寝台《ベッド》は悪魔《あくま》でも住んでいそうならんざつぶりでした。床《ゆか》におかれたろうそくは、もはや燭台《しょくだい》の底ふかく、もえおちているようでした。風がさむざむと、小屋のなかをふきぬけていきます。ま夜なかというよりは、はやあけ方に近いころおいでした。

うしろの馬繋場《ばけいば》には、旅まわりの辻音楽師《つじおんがくし》が、一家ひとかたまりになってねむっています。父と母とのゆめは、たぶんびんのなかのあついしずくのことではなかったでしょうか。そして青ざめたちいさな女の児《こ》は、その目のなかにもえるしずくをゆめ見ていたのでしょう。たて琴《ごと》はまくらべに、いぬは足もとに横たわっていました』

第三十一夜

『それはあるちいさな市場町のお話です』と、月はいった。

『わたしが見たのは、去年のことなのですが、その日づけなんか、どうだってかまやしません。ほんとうにはっきりと見た話ですから。その記事が新聞に出たのを、今夜も読んでみましたが、それは目で見た話のように、はっきりしたものではありませんでした——階下の客間には、くま使いがすわって、夕飯をたべていました。くまは外の木小屋のうしろにつながれていたのです。見たところ、それはいかにもこわそうな様子でしたけれど、でも、これまでまだ一度として害などくわえたことのない、おとなしいくまでした。屋根うらのへやにはわたしの明るい光を受けて、三人のちいさな子供たちが遊んでいました。いちばん上が六歳《むっつ》ぐらいで、いちばん末の子は、まだ二歳《ふたつ》にもなってはいません。とそのとき「ぱたん、ぱたん」と音がして、階段をのぼってくるものがありました。いったいだれがやって来たのでしょう。やがて「がたん」と、扉《ドアー》があきました。それはくまだったのです。あの大きな、毛むくじゃらなくまだったのです。たったひとりで中庭に立っているのが、ひどくたいくつになったものですから、なんということもなく、階段をのぼって来たのです。わたしは、なにもかもこの目でちゃんと見てたんですよ』と、月はいった。

『大きな、毛むくじゃらの動物をながめたとき、子供たちはぎょっとして、顔の色を変えました。それからたがいにあらそって、すみっこへはいこんだのです。でも、子供をひとりのこらずみつけだしたそのくまは、鼻でくんくんかぎまわっていましたが、でも、いたずらしそうなけはいはなにひとつ見えもしません！――「こりゃきっと、でっかいいぬころにちがいなかろうぜ！」と、子供たちは考えました。そう思うと、彼らはかわるがわるくまのからだをなではじめ、くまはくまで、ごろりと床《ゆか》に寝《ね》そべったものです。いちばん末の男の児《こ》が、その上にころがって、ブロンドまき毛のちいさな頭を、黒い毛皮のなかにおしこんでみました。すると、こんどはいちばん上の男の児が、太鼓《たいこ》をひとつ取りだして、どこ、どこ、どん、とたたいたものです。くまは二本のあと足で、ひょろりとばかり立ちあがり、なにやらおどりをはじめる様子でした。それは、まことにたとえようもないみごとな光景でした。やがて子供はめいめい銃《じゅう》をになって、くまにもひとつやりました。するとそれをくまはきちんとかつぐのです。子供たちはけっきょく、すばらしい仲間《なかま》をひとり見つけたというわけでした。と、こんどは、足なみそろえて行進です。「お一、二――お一、二！」と、一座《いちざ》はいせいよくすすんで行きます！――そのとたん、だれやらへやの入り口をつかんだものがいたようでした。やがてふいに扉《ドアー》があいて、子供たちの母親が首をつっこんだのです。その様子を、わたしはほんとうに見せてあげたかったのですけれど！　おどろきのあまりものさえいえず、石灰《せっかい》みたいな顔をして、半分口をあけたまま、目ばかりすえておりましたよ。でも、いちばん末の男の子は、こんなうれしいことはないといいたげに、こくりとひとつうなずくと、まねようもない舌たらずのいいかたで、大きくさけんだものでした。

「ぼくたち、へいたいごっこ、ちてるのよ！」

――そこへ、くま使いがやってきました』

第三十二夜

寒い風がぴゅうぴゅうふいて、しきりに雲が走っている。月はただときおり、すがたを見せるにすぎない。

『しずまりかえった大空から、わたしは走りすぎる雲の上を、見おろしていました』と、月はいった。

『地上をかすめる大きな影《かげ》も、見えています――ほんのこないだ、わたしがみおろしたのは、ある牢獄《ろうごく》のたてものでした。その前には、窓をとざした車が一だいだけ止まって、囚人《めしゅうど》がひとりつれ出されることになっていました。わたしの光は、壁《かべ》にはめこんだこうしづくりの窓から、しのびこんでいきます。いましも囚人は辞世《じせい》のことばを二、三行、壁にほりこんだところでした。でも、彼が書きしるしたのは、ことばではなくて、ひとふしの旋律《メロディー》でした。この牢獄ですごすさいごの夕べ、心からあふれ出た感懐《かんかい》だったのです。扉《ドアー》があいて、男は外へ引き出されました。囚人はそのとたん、わたしのまるいおもてをちらりとふりあおぎました。わたしたちのあいだには、雲のかたまりがかけこんで、たがいに額と額とを、見合わせてはならぬとでもいいたげでした。男が車に乗りこむと、ぱたんと扉《ドアー》がしめられて、ひゅうっとむちが鳴りました。うまは車をひっぱって、ふかい森のなかへかけこんで行きます。わたしの光は、もうそのあとを、おっかけることもできかねたのでした。それでも、わたしは、こうしのはまった牢獄の窓を、のぞいて見ました。わたしの光は、壁のなかにほりこんだ辞世ともいうべき、旋律《メロディー》のうえをすべっていきました――「人の子のことば、力たらざるとき、そをかたるものこそ旋律《メロディー》なれ！」

でも、わたしの光にてらし出されたのは、きれぎれの音譜《おんぷ》にすぎませんでした。わたしにも大部分のものは、未来永劫《みらいえいごう》のくらやみのままにのこることと思われます。ところであの囚人は、死の讃歌《さんか》を書いたのでしょうか、それとも歓喜《よろこび》のさけびを書きとめたのでしょうか。死のところへ出かけて行ったものやら、それとも恋人《こいびと》の抱擁《ほうよう》を受けに出かけたものやら、月の光とてすべてをあますところなく読みとるとは、いいかねるでしょう。たとえ、人間の書きしるしたものにあってさえも――わたしははてしもない大空から、走りすぎる雲の上を見おろしています。地上をかすめる大きな影も、見えますよ』

第三十三夜

『わたしは子供たちがすきでして――』と、月がいった。

『とりわけちいさなれんちゅうは、とてもおもしろいものですね。子供たちがわたしのことなど、ちっとも考えていないときでさえ、わたしはカーテンや窓わくの間から、たびたび寝《ね》べやのなかをのぞいてやるのです。子供らが自分ひとりで、えっちらおっちらと着物をぬぐのを見るときぐらい、愉快《ゆかい》なものはありません。さいしょに着物のなかから、ちいさなまるい肩《かた》があらわれて、つぎにはするりと腕《うで》がぬけ出してきます。さもなければ、くつ下をぬぐのを見ているわけなのですが、するとこんどはきれいな、白くてかたい脚《あし》があらわれて、やがてはほんとうにキッスしたいような足が見えてきます。まったくキッスだってしかねませんとも！』と、月はいった。

『きょうの夕方――これだけはどうしても、お話しないわけにはゆきません――そうです、きょうの夕方――わたしはある家の窓をのぞきこみました。そこはむかいの家がなかったので、カーテンも引いてはありませんでした。そこにはちいさな子供たちがみんな集まって、男の子も女の子もごちゃごちゃでした。そのなかには、やっと四つになったばかりの女の子供もまじっていて、この子は兄さんや姉さんたちと同じように「夕べのおいのり」をあげることもできました。ですから、毎夜母親は、寝床《ベッド》のそばにこしかけて、その子のいのりをきくことにしていました。それがすむと、ひとつ接吻《せっぷん》しておいて、母親は子供のそばにすわったままねむりにおちるのを待つのです。でも、ちいさなお目々がとじるやいなや、子供はすぐにもすやすやとねむりこんでしまうのでした。こよいはいちばん年上の子供がふたり、すこしばかりやんちゃをして、ひとりは長い白衣のねまきにくるまったまま、一本足ではねまわるし、もうひとりの子は、椅子《いす》の上につっ立って、ほかの子供の着物をぜんぶからだにまきつけ、僕《ぼく》は活《かつ》人画《じんが》なのだから、みんなであててごらんといいました。第三番めと第四番めの子は、いつもいわれているとおりに、自分たちのおもちゃを集めて、きちんとひきだしに、しまいこんだものです。でも、母親は、末《すえ》っ児《こ》の寝床《ベッド》にすわったまま、この子がおいのりするのだから、みんなしずかにしてちょうだい、といいました』

『わたしがランプごしに、のぞきこんだのは、ちょうどそのときだったのです』と、月は話をつづけていった。

『四つになる女の子は、白いリンネルの敷布《シーツ》をしいた寝床《ベッド》のなかに横たわり、ちいさなお手々をくみあわせたまま、かわいい顔がいかにも信心ぶかげに見えていました。子供は大きな声で、「われらの父」をおいのりしていたのです。

「あら、それなあに？」といって、母親が子供のことばをさえぎりました。

「きょうもまた日々のパンをめぐみたまえ！　とおいのりしながら、お前さんはなんだかほかのことをいいましたね。ママにはよくもきこえなかったのですけれど、あれはいったいどういうことなんです？　さあ、いってごらんなさいな！」

でも、ちいさな女の子は、だまりこくったまま、こまったといいたげに、母親の顔をみつめています。

「きょうもまた日々のパンをめぐみたまえ！　のさきは、ありゃどういうおいのりでした？」

――すると子供が答えます。

「おこっちゃいやよ、ママ！　あたいね、こんなふうにおいのりしたのよ――それからパンの上に、いっぱいバターをつけてくださいましって」――』

さすらいの旅路

——アンデルセンの伝記——

1　みずから童話の世界に生きる

すぐれた自伝　ハンス・クリスチャン・アンデルセン（Hans Christian Andersen, アネルセンとも読む）は、一八〇五年から一八七五年にいたる七十年の生涯《しょうがい》のあいだに、いくたびか自伝の筆をとっています。最初のものは二十七歳の時に書かれた伝記で、死後、一九二五年に発見され、二六年に出版されました。これはあとに述べるように、出版の目的で書かれたものではありません。

一八四六年、四十一歳のおり、アンデルセンは自分の著作集がドイツ語訳で出版されるのを機会に、自伝を書き、表題として『わたしの生活の童話』（Das Märchen meines Lebens.）としるしました。以後、一八五五年および一八六九年には、それぞれ加筆しています。

出版を目的とした伝記の題が示すように、アンデルセンは、その最初の行を、次のように書き出しています。

『わたしの一生は、ゆたかで、幸福でした。それはまるで美しい童話そのものです』

しかし、少年時代から青年時代にかけてのアンデルセンは、いくたびも涙《なみだ》を流したこともあったし、時には死のうと思いながらも希望を取りもどし、多くの人びとの庇護《ひご》をうけて、文名をあげるようになったのでした。つねに〝あたたかい思いやりの心〟を求めていたアンデルセンは、浮沈《ふちん》のかずかずを、いきいきとえがいています。

みにくいあひるの子　アンデルセンの童話の代表作のひとつに『みにくいあひるの子』というのがあります。あひるのひなの中に一羽《わ》だけ、色の黒い、みにくい子供がまじっていて、みんなからのけ者にされ、いじめられていました。あるとき、白鳥の美しい姿を見たあひるの子は、せめてあの美しい鳥のそばで死ねたらなあ、と思います。仲間からはずれて苦しい月日を重ねたある日、みにくいあひるの子は、自分がふかくあこがれていた白鳥になっていることを発見します。

一八四三年（三十八歳）に出版された『新童話』におさめられているこの作品には、アンデルセンみずからの生《お》い立《た》ちが象徴《しょうちょう》的に織り込まれているのです。

また、アンデルセンの文名を世に知らしめた『即興詩人《そっきょう》』は、一八三四年（二十九歳）に書き始めて、翌年出版されたものですが、やはり自伝的要素の強い作品です。貧しい育ちの少年アントニオが、恩人のなさけによって学校にあがり、やがて詩人としてイタリア全土をめぐります。その間に、歌ひめアヌンチャッタとの美しくも悲しい恋《こい》の物語がくりひろげられていきます。

女性との愛にはついに恵《めぐ》まれず、一生を独身で終えたアンデルセンは、いくたびかの恋の悲しみを旅することで慰《なぐさ》め癒《いや》しました。そしてまた、旅の先々で、すぐれた人びとと話を交《か》わして自分を深め、かつ高めていったのでした。外国への旅行は二十九回にもおよんでいます。『即興詩人』も、そうした旅の途中《とちゅう》で構想が生まれ、書きすすめられました。また、珠玉《しゅぎょく》の散文詩ともいえる『絵のない絵本』(一八三九年、三十四歳)も、アンデルセンの旅する心から生まれたものであるといえましょう。

2　貧しい靴屋《くつや》の子

小さな部屋で　靴《くつ》なおしの仕事台、結婚《けっこん》して間もない夫婦《ふうふ》のベッド、それに戸だなやテーブルなどのわずかばかりの家具で、もう部屋はいっぱいでした。しかも、ベッドというのが、寝棺《ねかん》を置くための木の台を作りなおしたもので、まだ黒い布の切れはしがついたままです。貧しい新婚の夫婦にとって、新しいベッドなど、とても手がおよぶものではありませんでした。このベッドの上で、一八〇五年四月二日、ハンス・クリスチャン・アンデルセンが生まれました。

父は二十二歳、母はそれよりも二つ三つ年上だったと、アンデルセンは自伝に書いていますが、アンデルセンの伝記の研究者によると、父が二十五歳くらい、母が三十七歳くらいであったらしいといわれています。十以上も夫と齢《とし》のちがう母であったこと、嫁《とつ》ぐ以前に私生児を生んでいたことなど、アンデルセンにとってはかけがえのない母のことを書く段になったとき、とてもありのままの事実を述べる勇気がでてこなかったに違《ちが》いありません。しかも、だからといって、母はいいかげんな女ではありませんでした。善良そのもので、どんなときにも心のやさしいひとだったそうです。

オーデンセの町　貧しい靴職人夫婦が一家をかまえたのは、とおく十一世紀のころよりひらけたオーデンセ（Odense オデンスとも読む）の町の片すみでした。

デンマークは全面積が日本の九州と四国を合わせたほどの広さで、ヨーロッパ大陸と地つづきのユトランド半島部分と、シェラン島、フューン島、ローラン島、ファルスター島、メーン島その他《ほか》の島々から成り立っています。位置からいうと、オーデンセはフューン島の中にあって、国内のほぼ中央に当たっています。むかしから交通の中心地として繁栄《はんえい》をつづけ、十一世紀の北欧《ほくおう》に勇名を馳《は》せたクヌート一世の墓所もこの地にあります。しかし、はじめは小さな漁村であったシェラン島のコペンハーゲンが急速に発展して、十五世紀以後、首都として文化の中心になりました。

デンマークは全体に国土が平坦《へいたん》で、山らしい山はありません。ゆるやかな起伏《きふく》がうちつづき、最高でも海抜《かいばつ》百七十三メートルぐらい、酪農《らくのう》を中心とする農業国として発展してきました。ちなみに、一九六五年現在で、デンマークの総人口は約四百六十万人、オーデンセの人口は十一万人です。いまから百五十年まえのオーデンセの町は、古い歴史をうけついで、静かなたたずまいの中に息づいていたことでしょう。

子《こ》守唄《もりうた》代わりに読書　赤ん坊《ぼう》のハンスが泣いてばかりいると、父は靴なおしの手をとめて日ごろの愛読書をとりだし、「静かに聞くんだよ」といいながら読んできかせるのでした。父は、自分でも詩をつくりたいと思うほどの人で、ハンスがおしゃべりできるようになると、夜にはきまってホルベル（デンマークの近代文学の始祖ともいわれる劇作家・歴史家。一六八四—一七五四）の喜劇をはじめ、ラ・フォンテーヌ（フランスの寓話《ぐうわ》作家・詩人。一六二一—一六九五）のイソップに取材した『寓話』や、『千一夜物語《アラビアンナイト》』など、気の向くままに、感情をこめた大きな声で読みきかせてくれました。

ある日のこと、ラテン語学校の生徒が新しい靴を注文しにやってきました。学校のことや教科書のことなど、父はいろいろとたずねました。その生徒が帰ったあとで、父はハンスをだきしめると、「自分だって、あの生徒のように学校へ行きたかったのだ」と、目に涙をうかべていったそうです。父の両親はゆたかな農民だったのですが、屋敷《やしき》が火事になるなどの不運に見舞《みま》われ、土地を手離《てばな》した最後の金でオーデンセに小さな家を買い求め、移り住んだのでした。しかも、ハンスの祖父は気が変になってしまっていました。こんなぐあいですから、ラテン語学校への入学を熱望していた父も、靴屋に弟子《でし》入り奉公《ほうこう》しなければなりませんでした。

父は本を読みきかせることのほかに、実体鏡や、舞台《ぶたい》を作っての人形芝居《しばい》や、糸を引くと場面がかわるようにした替《かわ》り絵などをつくって、ハンスのお相手をしてくれました。ハンスもしだいに人形の着物など、自分でくふうして作れるようになりました。

ハンスが外へ遊びに出るようなときは、いつも祖母といっしょでした。祖母はハンスをひどくかわいがりました。慈善《じぜん》病院の庭の手入れを手伝っていた祖母についていって、花だんで遊んだり、老婆《ろうば》たちの話のなかま入りをしたり、でなければひとりで小さな中庭のすぐりの木の下で空想にふけったりしていました。

ナポレオンにあこがれた父　ハンスが屈託《くったく》のない幼年時代を過ごしていたころ、ヨーロッパにはナポレオンの旋風《せんぷう》が吹《ふ》きすさび、いたるところで戦争が展開されていました。オーデンセの町にも、そうしたニュースが新聞で伝えられました。ハンスの父にとって、ナポレオンはあこがれの英雄《えいゆう》でした。隣国《りんごく》のドイツにも戦いの場はひろがってきて、フランスと同盟を結んでいたデンマークも、軍隊を海外に進駐《しんちゅう》させることになり、兵士を募《つの》りました。世間の戦争熱はハンスの父をもとりこにしてしまい、とうとう、じっとしていられなくなった父は、ナポレオンに会いたい一心から、みずから志願して兵隊になりました。母の大反対もふりきって出征《しゅっせい》した父でしたが、軍隊がドイツとの国境地帯であるホルスタインまで進軍したところで、ナポレオンがライプツィッヒの戦いに敗れたために戦争は終結し、父はふたたび靴職人にもどりました。ところが、なれない行軍や陣営《じんえい》での生活から、父は健康をひどくそこなっていました。

それから数年たったある朝、ひどい熱を出した父は、ナポレオンや戦争のことなど、わけのわからないうわごとを口ばしりました。そして三日めには、息をひきとってしまったのです。一八一六年四月二十六日、その時ハンスは十一歳でした。

芝居へのあこがれ　ハンスは学費をだせない貧しい家の子どもたちを無料で教育する慈善学校へ通いましたが、空想にふけるのがたいへん好きであまり勉強しませんでした。それよりも、家にいて小さな人形芝居をいじったり、人形の衣装を縫《ぬ》ったり、父がのこした本を読んだりして、ひとりで過ごす時間のほうが多かったのです。

近所の家に本があるときくと、出かけていって読みました。ことに、牧師の未亡人と妹のすむブンケフロード家では、ハンスをやさしくむかえてくれ、ここでハンスはシェークスピアの戯曲《ぎきょく》を読むことができました。「詩人だったわたしの兄さんは……」と話すブンケフロードの妹のことばから、ハンスは詩人の清らかな栄光について、おぼろげながら、あこがれを抱《いだ》きました。

このころから、ハンスは自分かってに、詩や芝居の脚本《きゃくほん》を書き始めました。書きあげると、それがうれしくて町のだれかれとなく読んできかせるのですが、ほめられたり、くさされたり、そのたびに得意になったり、しょげこんだりしました。

まもなくオーデンセの劇場につとめる宣伝ちらしくばりの男と仲良くなったハンスは、劇場で上演される芝居を、ちらしをもとに想像しながら楽しんだものです。ときには、本物の芝居を見ることもできました。美しい夕暮れどきなどには、近くの教会の晩鐘《ばんしょう》が鳴りわたるのを聞きながら夢の世界にひたったり、即興《そっきょう》の詩をつくって歌ったりしていました。

少年ハンスは、きれいなソプラノの声の持ち主でした。一時、織物工場へ働きに出たときには、少女ではないかと職人たちにからかわれてやめることになったほどです。このように、芝居にあこがれ、読書にむちゅうになって、きれいな声で歌をうたうハンスは、オーデンセの上流家庭の話題になって、歌をきかせてほしいと家にまねかれるようになりました。ハンスはむじゃきに出かけて、人びとに気に入られました。

十三歳になって、一人まえのキリスト教徒になる堅信礼《けんしんれい》を受けたハンスは、いよいよ家を出て、どこか適当な親方のところへ奉公にいかなければならなくなりました。しかし、ハンスは以前の織物工場でのにがい経験もあるうえ、芝居の役者になりたいという希望がいっそう激しくなっていました。ハンスは、これまでに読んだたくさんの偉人《いじん》の伝記を例に出して、母に頼《たの》みました。「自分がなりたくないものになってはいけない。必ず自分のなりたいと思うものにならなければだめだ」といっていた父のことばも、くり返していいました。

そのころ母は、若い靴《くつ》職人と再婚《さいこん》したばかりでした。継父《けいふ》はハンスのゆくすえについて何ひとつ口出しらしい口出しもしませんでした。そのうちわが子の熱心さに腰《こし》を折った母おやは、とうとうコペンハーゲン行きを許すようになったのでした。

貯金箱をこわしてみると十三ターレル（むかしの銀貨で一ターレルは約三マルク）のお金がたまっていました。それだけでハンスはすっかりうれしくなって、本で読んだ偉人や英雄のように自分も必ずや成功するのだ、と決意をあらたにするのでした。しかし、コペンハーゲンにはだれひとり知り合いのひともありません。印刷屋のイベルセンという老人がコペンハーゲンの俳優とも知り合っているという話をきくと、ハンスはさっそく訪ねていって、初対面なのにもかかわらず、むりやりに一通の紹介状《しょうかい》を書いてもらいました。それは王立劇場バレエ団の先生あてのものでした。

すばらしくよく晴れた日の午後、三ターレルの馬車代を払《はら》ったあとの残り十ターレルを持ったハンスは、駅逓《えきてい》馬車に乗り込みました。明るい黄色の髪《かみ》の、背の高いハンスは、見送りに来た母と祖母に走り出した馬車から手を振《ふ》りました。母が悲しげに立ちつくし、祖母は口もきけずに涙《なみだ》を流していました。翌年亡《な》くなった祖母とは、これが最後の別れになったのです。

陸路でフューン島のはずれのニューボルの町につくと、すぐに船で大ベルト海峡《かいきょう》を渡《わた》ってシェラン島に上陸し、それからはまた馬車で夜どおしいくつもの町や村を走りぬけました。一八一九年九月六日の朝、十四歳のハンスは、あこがれの町コペンハーゲンを見おろす丘《おか》の上に立っていました。

3　放浪《ほうろう》の苦難

まず劇場へ　わずかばかりの荷物をとある宿屋に置いたハンスは、さっそく町へ出かけていきました。大通りは昨夜からの「ユダヤ人排斥《はいせき》運動」でごったがえしていました。大ぜいの人びとが群《む》れ集まり、ただならぬようすでした。しかし、ハンスにとっては前から頭の中にえがいていた都会のありさまそのものでしたから、少しも驚《おどろ》きませんでした。

道をたずねたずねしてやっと市の中心部にある王立劇場の前まで来ると、ハンスはその立派な建物をふりあおぎました。なつかしい思いでいっぱいでした。何度も劇場のまわりを歩き、あかずながめて立ち去ろうともしません。このようすを見てひとりの男がいいました。「切符《きっぷ》がほしいんじゃないかい?」

ハンスはただで芝居の切符をもらえるなんて、こんなすばらしいことはないと思いました。「どうもありがとうございます!」と、ていねいに礼をいって切符を受け取ると、そのまま劇場の入口の方へ歩き出しました。「こら、人をばかにするんじゃない。金を払わないやつがどこにいる」と、その男がおこって追っかけてきました。男はダフ屋だったのです。ハンスはびっくりして切符を返すと、あわてて逃《に》げ出しました。

紹介状をもって　翌日ハンスは紹介状をもってシャル夫人のところへ出かけました。ハンスとしてはできるかぎりのおしゃれをしていったつもりでしたが、戸口では物乞《ものご》いとまちがえられたのか、女中から銅貨をめぐまれるしまつです。ようやくのことでシャル夫人の部屋に通されたと思ったら、シャル夫人は紹介状を書いたイベルセン老人のことなどまったく知らないといいます。そこでハンスは、なんとかして芝居《しばい》をやりたいのだと自分の希望を述べました。夫人は話をきいて、なにかできる役があるならやってみせてほしい、といいました。ハンスは、かつてオーデンセで見た『シンデレラ』の役をやることにしました。感激して見た芝居なのですっかりおぼえていたのです。許しを得ると編み上げ靴《ぐつ》をぬぎ、自分の大きな帽子《ぼうし》をタンバリンに見たてて、踊《おど》りながら歌いました。

いっしょうけんめいにやっているハンスですが、シャル夫人から見ると、まるでなっていませんでした。ハンスがバレエの女王ほどに考えていたのに、シャル夫人は、ハンスを追い出すようにして帰してしまいました。

困りきったハンスは、劇場へいくと、支配人にやとってほしいと頼みました。支配人は「芝居をするにはやせすぎている」といったうえ、「教育のある人間でなければやとえないのだから、もっと勉強する道を考えなければいけない」と、さとすようにつけ加えました。

ハンスはすっかり悲しくなりました。大きなコペンハーゲンの町の中で、ただのひとりぽっちです。オーデンセへ帰ることなど、とてもできません。もう死ぬほかはない、と思いました。運河のほとりで、涙が出なくなるほど泣きました。そのうちに、「なにもかもだめになったとき、神さまは必ずお助けくださる」ということを本で読んだことがあった。成功しようと思うからには、まず、うんと苦しまなければならないのだ」という思いがわいてきました。

気をとりなおすと、ハンスは劇場にいき、いちばん安い天井桟敷《てんじょうさじき》の切符を買って、歌劇

『ポールとビルジニー』を見ることにしました。第二幕めの、恋人同士《こいびとどうし》のポールとビルジニーが仲をさかれる場面では、悲しくなって大声で泣きだしてしまいました。となりにすわっていた女の人が、ハンスをなぐさめて、ソーセージをはさんだバタパンをくれました。芝居は終わりのところで、ポールとビルジニーが再会して幸福になります。そこでハンスにも、生きる希望と勇気があふれてくるのでした。

救いの手　しかし、なんとかしてお金をかせぐ方法を考えないと、手持ちのたくわえは減る一方です。新聞を一部買うと、求人広告欄《らん》を見てみました。一軒《いっけん》だけ、指物師《さしもの》の親方のところで徒弟《とてい》を求めています。職種についてあれこれいう時ではありません。さっそくたずねると、親方はとても親切で、ハンスのせわを引き受けてくれることになりました。ところが、ここも、一日で立ち去らなければならないことになりました。オーデンセの織物工場でいじめられたようなことが、起こったからです。親方は引きとめてくれたのですが、とても仕事をつづける気にはなれないハンスでした。

ハンスの胸の中に、ふとある思いがひらめきました。まだ自分の声をだれにも評価してもらっていない、王立音楽学校の校長先生の家へ行ってみよう、才能を認めてくれてせわしてもらえたら……ハンスは住所をしらべて出かけました。

シボニー校長先生の家の戸を開けて出てきたのは家政婦でした。声楽家になりたくてたずねてきたことと、これまでの身の上話とを、こまかに打ちあけました。ハンスに同情した家政婦は、話のままをシボニーに伝えてくれました。そして、おりから招待されて集まっていた大勢の名士たちのいる部屋に通されました。そこには、デンマーク音楽の創始者ともいうべき作曲家ワイゼ（一七七四―一八四二）や高名な詩人バッゲセン（一七六四―一八二六）もいたのでした。みんなの前で、ハンスは歌をうたい、おぼえている詩の朗読を試みました。みんなが拍手《はくしゅ》したあとで、バッゲセンがいいました。「将来、多くの人びとが君に拍手を送るようになっても、うぬぼれてはいけないよ」

シボニーは、声楽の勉強についてめんどうをみることを約束してくれました。ハンスの声ならば、やがては王立劇場にも出演できるようになるだろうとはげましのことばをもらいました。うれしさのあまり泣き笑いのありさまのハンスを送り出して、家政婦がいいました。「あした、ワイゼ先生のところへ行くんですよ」

ワイゼはハンスのために、七十ターレルものお金をみんなから集めておいてくれました。そして毎月十ターレルずつ、ハンスに手渡《てわた》すようにしてあるのだよとつけたしてくれたのです。そのうえ、シボニーの家で毎日食事をするように、という許しも与《あた》えられました。

ハンスは母のもとへ、はじめての喜びの手紙を書き送りました。

声をつぶして　宿屋住まいではお金がかかるので、ハンスは下宿をさがしました。なにも知らないハンスは、コペンハーゲンでもっともいかがわしいといわれている町にまぎれ込み、そこで下宿をきめてしまいました。

シボニーについて歌の勉強をするために、ハンスはドイツ語の勉強もしなければなりませんでした。間もなくやってきた寒い冬の間も、ハンスの着るものや靴《くつ》はあいかわらず同じで、とうとうのどをいためてしまいました。冬も明けようとしているある日、シボニーがハンスをよんでいいました。「いまの君の声ではとても見込みがなくなった。あきらめてオーデンセへ帰ってはどうかね」

ふたたび、あてのないハンスに逆もどりです。しかしまだ、多少のお金が残っていました。あれこれと思い悩《なや》むうちに、オーデンセにいたころ親切にしてくれた人の弟で、グルベルという詩人がコペンハーゲンに住んでいることを思い出しました。ハンスはこれまでのできごとを手紙に書き送ると、数日後に進んでたずねていきました。詩人は親切にハンスを迎《むか》えてくれて、出版したばかりの本の印税をハンスの生活費に充《あ》てること、まちがいだらけの文章を書くハンスのためにデンマーク語の正しい読み書きを教えることなど、思いもかけない約束をしてくれました。

窓もないような小さな下宿の部屋住まいでしたが、ハンスにとっては愉快《ゆかい》な毎日がつづきました。ことに、王立劇場の喜劇俳優で演出家のリングレーンから教えを受けるようにグルベルがとりはからってくれ、さらにバレエ・ダンサーのダーレンとも知り合いになったことは、ハンスをひどく喜ばせました。毎晩のように芝居を見ることも、ときにはほんの端役《はやく》で舞台《ぶたい》に立つことさえもできました。

しかしある日、リングレーンはハンスにいいました。「たしかに君は、なにかすぐれたものを持っている。けれども、役者になろうとして、いつまでもこうしていてはいけないよ。グルベル先生に相談して、ラテン語の勉強を始めなさい。学問をすれば、もっと大きな世界がひらけてくるだろうから」

ラテン語の勉強　ラテン語の勉強をして学問をすることなど、ハンスは考えたこともありませんでした。しかし、さとされてみれば、やはり勉強してみようという気になりました。グルベルに相談すると、グルベルの知人の大学生が週に一回、ラテン語文法を教えてくれることになりました。

そのうちに、ハンスの声はもとのようになおってきました。王立劇場声楽教習所の先生が、ハンスの声をためしたうえで、教習所にはいることを許してくれました。最初は合唱隊に加わって歌いました。こうして、バレエと声楽の練習がつづけられました。

ラテン語の勉強よりは、はるかに好きな芝居のことです。劇場の教習所にはきちんと出かけますが、週一回のラテン語のほうはなまけがちになりました。教習所のなかまの中には、「歌をうたうのにラテン語など知らなくてもいいのだ」とか、「ラテン語を知らなくてもえらい俳優になれる」などという者がいました。ハンスも、ついそんな気になっていたのです。ところが、このことがグルベルの耳にはいりました。

ハンスはたいへんにしかられました。グルベルはハンスに、「きみは人にいろいろと頼《たの》んでおきながら、自分のためになることを本気でやろうともしない。そんなふうだと、わたしも真剣《しんけん》にはめんどうを見てあげられないよ。きみのために用意したお金はまだ残っているのだから、その分は毎月取りにきたまえ」と、きつい語調でいいました。

芝居《しばい》を書いても ラテン語の勉強は打ち切りになりました。ハンスは、人の親切にたよらなければなにもできないことを、しみじみと感じました。

子どもらしいむとんちゃくさでその日その日を送っていくうちに、早くも、コペンハーゲンに出て来てから三年めになっていました。ハンスの生活はしだいに苦しくなってきました。しかしハンスは底ぬけの楽天家で、いつも明るい顔をしていました。人をうたがうことも知りませんでした。悲劇や詩を書いたりしているうちに、発表もせずにしまっておくことができず、人びとが笑いぐさにしているのもかまわずに、朗読してきかせました。

ハンスは新しく悲劇を書いて王立劇場に提出し、もし採用されたらそのお金で勉強をつづけよう、と思いつきました。二週間かかって悲劇『ビッセンベルの盗賊《とうぞく》』を書き上げました。劇場へ提出してから六週間ばかりすると、作品がもどされてきました。しかも手紙がそえてあり、「このように初歩的な学問さえないことがわかるような作品は、今後も提出しないでほしい」と書かれていました。

おりから演劇シーズンも終わろうとしている一八二二年五月のことでした。しかも、追い打ちをかけるように、劇場の支配人から直接手紙がとどきました。歌もバレエも両方とももう教習所へは来なくてもよい、これから先の見込みもとうてい考えられはしないのだから、もっと学問にはげまない限りは才能があってもだめになるだろうと、ハンスには手痛いことばかりが書いてありました。

こうなっては、どうしても脚本《きゃくほん》を書きつづけて、認めてもらうほかはありません。それが、ハンスにとってはただひとつの救いでした。

第二の父にめぐりあう　ハンスは書きました。歴史から話をとった『アルフソール』（『妖精《ようせい》の太陽』）ができあがりました。すっかり自分の作品にほれこんでしまったハンスは、シェークスピアの作品をデンマーク語に翻訳《ほんやく》した海軍大将ウルフの家に出かけていきました。ウルフはこころよくハンスの朗読をきいたうえ、その後は、家族全員が親切にむかえ入れてくれました。

ハンスはさらに、有名な物理学者のエルステッド（電流の磁気作用を発見。一七七七―一八五二）のもとへも出かけました。評判の高かったグートフェルト牧師をたずねたときには、『アルフソール』にすいせん状をそえて劇場に送ってくれることになりました。

これまでの支配人に代わって、その時には、デンマークでも有数の人物といわれ、枢密《すうみつ》顧問官《こもんかん》でもあるヨナス・コリン（一七七六―一八六一）が支配人になっていました。コリンが、ハンスを呼び寄せました。コリンは、ハンスの作品をただ簡単に批評しただけで、いろいろとハンスの身の上や希望についてたずねました。ほかの人たちが今度の作品をほめてくれているのに、コリンはほとんど何もいってくれません。ハンスはこの時、コリンを自分の敵だとしか考えませんでした。

数日たつと、劇場から通知が来、出向いてみると、詩人のラーベックが『アルフソール』を返していいました。「この作品には砂金のように光るところがあるけれど、舞台にはのせられない。教育の不足していることがすぐにわかる。けれども、真剣に勉強さえしたら将来はりっぱな作品を舞台にかけることもできるようになる。そうなるために、コリンさんがいっさいのせわをなさることになった」

コリンはハンスをフレデリック六世国王にすいせんして、数年間というもの毎年一定のお金を出してくださるようにとりはからってくれました。そのうえ、スラゲルセのラテン語学校で学べるように手はずをととのえてくれました。当時、中・高等教育を行なっていたのがラテン語学校でした。この話をきいたハンスは、うれしさのあまり口もきけないくらいでした。

これからのち、コリンは心からハンスの幸せを考える人として、ハンスの「第二の父」になったのです。ハンスはすべてをコリンにまかせ、なにごとも相談しました。

八十キロほど離《はな》れたスラゲルセへ旅立つ前に、コリンはいいました。「なんでも入り用なものがあったら、かくさずに書いてよこすのだよ。それから学校でのようすも知らせることを忘れずに」

4　きびしい勉学

おしよせる大波　スラゲルセの町で、ハンスは上品な未亡人の家に下宿しました。ハンスの小さな部屋は庭と畑に面していました。町はこぢんまりとしていて、町の名物といえば、新しいイギリス式の消火ポンプと、バストホルム牧師の図書館くらいなものでした。ですから、人びとは町のすみからすみまで、どんなできごとでも知っています。学校のことは大きな話題のひとつでした。一人ひとりの生徒の進級・落第についてまで、人びとは話し合うのでした。

十七歳のハンスは第二学年に編入されましたが、それはハンスより年下のクラスでした。というのも、ハンスはまだきちんとした教育を受けたことがなかったからです。文法、地理、数学というぐあいに、次から次へと受ける授業はまるで、大波にもまれるようなものでした。それでも、詩人のインゲマンやバッゲセンもこの学校を卒業したのだときくと、ハンスの胸は高まりふるえるのでした。

どの課目にも興味をおぼえて、いっしょうけんめいに勉強しましたが、ハンスは成績が上がっていくのとは逆に、ますます自信を失っていきました。というのも、校長先生のメイスリングが、ことあるごとにハンスをからかったからでした。ある日、先生の質問にまちがった答えをしたハンスは、あたまから「おまえはばかだぞ」といわれました。ハンスはコリンに報告して、私のような者にはせっかくのご親切もむだになるのではないでしょうか、と書きました。コリンからは、なぐさめとはげましの返事がもどってきました。

勉強のかいあって、ハンスは特別に上のクラスへと進みました。けれどもハンスは、下宿の部屋にとじこもって泣きくらすこともありました。また、夜おそくまで勉強して眠《ねむ》たくなると、冷たい水で顔を洗ったり、まっくらな小さい庭に出てとびまわったりして、それからあらためて机に向かうのでした。これほどまでにしたので成績はほんとうによくなったのですが、校長先生の態度は少しも変わりません。ことに、ハンスが『アルフソール』を朗読したり、詩を作ったりすることをきらいました。

幸せなひととき　スラゲルセに来た翌年の夏の休暇《きゅうか》に、ハンスは故郷を出て以来はじめての帰郷をこころみました。大ベルト海峡《かいきょう》を渡《わた》ってからは歩いてオーデンセの町をめざしました。いよいよ町に近づいて古い教会の塔《とう》が見えてきたときには、ハンスは神さまに感謝の祈《いの》りをささげ、思わずも涙《なみだ》ぐみました。

母の喜びようはたいへんなものでした。以前せわになった人びとが、ハンスをあたたかく迎《むか》えてくれました。町じゅうの人たちがハンスが通るのを見ようとしました。ハンスが国王の援助《えんじょ》を得て勉強しているということを、みんな知っていたからです。ある人は、わざわざハンスを招いて、その家の天文観測用の高い塔に案内しました。そこからは町全体とまわりの野原のけしきがすべて見えました。下の広場では、ハンスの小さいころを知っている老婆《ろうば》が何人か、ハンスの方を見上げてささやき合っています。この時ハンスは、自分が「幸福の城」の塔に立っているような気持ちになりました。このようにみんなから大事にされるハンスを見て、母は喜びの涙を流しました。

スラゲルセにおいても、土曜日の午後や日曜日は、ハンスにとってのびのびとした時間を与《あた》えてくれました。校長先生はハンスをわが家へ呼びましたが、その時はやさしくしてくれました。郊外《こうがい》にあるアントボルスコーの古城に出かけたり、ポンペイの遺跡《いせき》を発掘《はっくつ》するように昔のあなぐらを掘《ほ》り返している光景なども見物したのです。また町を見おろす丘《おか》にもよく行きました。

ある日曜日には、スラゲルセからほど近いソレーの町へ行きました。初夏のみどりが美しく映《は》える森と湖にかこまれるようにして、ソレーの町は静かでした。ここにあるアカデミーに、詩人のインゲマンが先生としてやってきていたのです。インゲマン夫妻《ふさい》は、ハンスをもてなしてくれました。湖水に船をうかべて、ひとときを楽しみました。それはまるで美しいおとぎ話のように思われました。それからは夏がやってくるたびに、ソレーへ出かけるようになりました。しかも、アカデミーの学生で詩をつくっているというプティとカルル・バッゲルのふたりが友だちになりました。

詩人インゲマンについてハンスは、「その人とつき合っていると、自分がよくなっていくように感じる人がいるものだ。そうしていると、つらいこともかき消えて、世の中が太陽の光に輝《かがや》いているように見えてくる」と思いました。

ヘルシンゲールへ　スラゲルセでの学校生活も、いつのまにか四年の月日がたっていました。メイスリング校長先生は、ヘルシンゲールのラテン語学校の地位があいたため転任することになりました。生徒たちは大よろこびでした。ハンスもなにか、ほっとした気持ちでした。

ところが、校長先生はハンスにむかって、いっしょに行くようにとすすめました。そうすれば、ギリシア語とラテン語の個人教授もしよう、あと一年半もすれば大学へはいれるようにもなるだろう、スラゲルセにいたのではその見込みも立ちはしまい。それから、下宿は私のところにするがいい、私からもコリンさんに手紙を書こう……というのです。結局、ハンスも同行することになりました。

ヘルシンゲールはシェラン島の北のはずれにあって、四・五キロほどのズンド海峡をへだて、スウェーデンと向かいあっている小さな町でした。とはいえ、デンマークでも知られた風光明媚《ふうこうめいび》の土地で、ここにはシェークスピアの『ハムレット』のモデルとして名高いクローンボの城もありました。海峡には、毎日、何百ともなく世界の国ぐにの船が通っていました。

こうした風光にハンスの心はしっかりととらえられてしまったのですが、ゆっくりとながめることなど許されません。学校の授業が終わるやいなや、校門はすぐにしめられて、ハンスはひとり教室に居残っているか、校長先生の子どもたちといっしょに遊ぶか、自分の小さな部屋にすわっているかで、外へ出かけることもできないのです。ハンスはまるで悪夢の中にいるような思いでした。

スラゲルセからヘルシンゲールへと移った当座はやさしかった校長先生も、やがてはまた、からかったり茶化《ちゃか》したりの毎日にかわりました。コリンへあてのハンスの手紙は、暗い気分にみちあふれていました。コリンは心配しながらも、しばらくはどうすることもできませんでした。

ハンスは、コペンハーゲンの町を放浪《ほうろう》していた時にも失わなかった快活さを、すっかりなくしてしまいました。なにかといえば校長先生は、ハンスに「おまえはだめな人間だ。見込みはないぞ」といいました。ほかの先生の授業の成績は「優」なのに、校長先生の学科はわるいのです。その授業時間は、おそろしい思いでいっぱいでした。それに、毎日の食事でもハンスを差別して、ひどい扱《あつか》いをするようになりました。

『臨終の子』 このような生活の中でも、たまにはコペンハーゲンへ行くことができたのでした。コリン家をはじめとして、立ち寄る家々はみな上品で気持ちよく、きよらかで教養があり、ヘルシンゲールでの生活とはたいへんなちがいでした。

アマリエンボル宮殿《きゅうでん》の一部分である官邸《かんてい》に住まっている海軍大将ウルフ家では、ワイゼに再会したり、〈北欧《ほくおう》の詩王〉とまでいわれたエーレンシュレーゲル（デンマークの詩人・作家。古代北欧の伝説・歴史を素材《そざい》として、叙情詩《じょじょうし》のほか悲劇・喜劇・童話劇にまで手をそめ、ロマン文学をうち立てた。一七七九―一八五〇）に紹介《しょうかい》されたりしました。この大詩人と握《あく》手《しゅ》を交《か》わしたときには、ひざまずかんばかりでした。

楽しい思いもつかの間で、ヘルシンゲールへもどってくると、さっそく校長先生から叱《しか》られました。校長先生もコペンハーゲンにいっていて、ハンスが詩の朗読をしたということを聞き知ったのでした。先生はその詩を見せるようにいいつけました。ハンスはふるえながら『臨終の子』と題した詩を持っていきました。この詩は、暗い日々の悲しい思いを、子どもの死になぞらえて書いたものでした。「こんなものは、なきごとを並べたむだ口だ」と、校長先生は大声でどなりちらしました。この日からハンスは、ほんとうに死ぬほど悩《なや》みくるしみました（『臨終の子』は後にアンデルセンの詩集に入れられて、もっとも人びとに親しまれた詩のひとつになりました――）。

こうしたようすを見るに見かねて学校のある先生が、そっとコペンハーゲンへ出かけていって、コリンにくわしい報告をしたのがきっかけとなり、ハンスを呼びもどす手はずがととのいました。メイスリング校長にも、その旨《むね》の手紙が書き送られました。

いろいろと礼をいって最後の別れのあいさつをするハンスに、校長先生はなおも悪態をつきました。ハンスは逃《に》げるようにして馬車に乗りました。

5　青年アンデルセン

新しい先生　コペンハーゲンにもどってきたハンスは、とある小さな屋根裏部屋に下宿しました。そして、毎日の昼食は知り合いの家でごちそうになりました。月曜日はウルフ家、火曜日はコリン家、水曜日は……というぐあいに、ハンスのためのテーブルの席が用意されていました。

新しくハンスの個人教授をすることになったのは、大学生のミュレルでした。ミュレルはのちに北欧の言語学と歴史学の分野におけるりっぱな学者になりました。ミュレルは優《ゆう》秀《しゅう》なハンスの先生になり、ハンスも勉強熱心な生徒になりました。しかも、スラゲルセやヘルシンゲールでは教室のいすに小さくなっていたハンスでしたが、いまでは、のびのびと自分の考えを述べることができるようになっていました。

ミュレル先生のところは、ハンスの屋根裏部屋から遠くははなれていました。出かけるときには勉強のことで頭がいっぱいですが、帰りには気持ちが楽になって、いろいろな詩の思いつきがうかんできました。毎日二度、先生のもとへ通って、ことにおくれていたラテン語とギリシア語の仕上げをしっかり勉強しました。

そのころ、詩『臨終の子』が、いろいろと文句をいわれたりしたあげくのこと、あまり有名でない新聞に掲載《けいさい》されました。エルステッド家での昼食のとき、ハンスは詩人ハイベルにはじめて会いました。ハイベルは『臨終の子』をすでに読んでいて、ハンスの詩を見せてほしいといいました。ハンスが二編の詩をもってたずねると、ハイベルはこの詩のよさを認めて、彼が編集発行している週刊の「フリューネ・ポスト誌」に載《の》せてくれることになりました。

ハンスの詩が載った「フリューネ・ポスト誌」が出た晩のことです。ハンスはウルフ家にいました。ウルフがポスト誌を手に持って部屋へはいってきました。「これにはすばらしい詩がふたつ載っているよ。H――とあるからハイベルの作にちがいない」といって、朗読しました。日ごろ親しい話し相手になっているヘンリエッテ・ウルフがすかさず、「それを書いたのは、アンデルセンよ」といいました。彼女だけがハンスの秘密を知っていたのでした。それというのも、ウルフがそれまで、ハンスの詩の才能を少しも認めていなかったからでした。

大学生になる　一八二八年の九月、ハンスは試験を受けて合格し、コペンハーゲン大学に入学しました。大学は一四七九年創立の伝統のある学校です。ハンスは二十三歳になっていました。そのころの学長はエーレンシュレーゲルで、ハンスの成長ぶりを喜んでくれました。気持ちのうえでは子どもっぽいところが多分にありましたが、もうりっぱな青年です。少年ハンスは姿を消して、青年アンデルセンがより高い望みへの階段をのぼっていくことになります。詩人としても、しだいに認められるようになってきました。

アンデルセンは入学試験がぶじに終わるとすぐに、『ホルム運河からアマゲル島東端《とうたん》までの徒歩旅行記』を書きあげました。こっけいに茶化した書きぶりのものでした。どこも引き受け手がないので、アンデルセンは自費出版したところ、初版の五百部が数日で売り切れました。これを見て本屋のライツェルが百ターレルで再版の権利を買いにきました。第二版、第三版が出され、やがてはスウェーデンでも翻訳《ほんやく》されました。アンデルセンは、うれしくて、まわりから寄せられる賞讃《しょうさん》のことばに酔《よ》いました。

最初の出版に成功したアンデルセンは、つづいて『ニコライ塔《とう》の恋人《こいびと》』という芝居《しばい》を書きました。王立劇場に持っていくと、上演することに決まりました。一八二九年の四月、満員の観客はこの芝居に拍手《はくしゅ》かっさいを送りました。ことの成否を案じて劇場におしかけてきた大学の学友たちは、「アンデルセン万歳」を叫《さけ》びました。あまりの幸福に、アンデルセンは劇場をとびだすと、コリン家にかけつけ、コリン夫人のまえで泣きだしてしまいました。

このように成功したからといって勉強をおろそかにするようなことはしませんでした。

その年の九月に行なわれた古典語と哲学《てつがく》の試験は一番の成績でした。クリスマス近くには初の『詩集』が出版されました――「前途《ぜんと》には、暖かい太陽に照らされた明るい人生がひらけている」と思いました。

ユトランドへの旅　あくる一八三〇年の夏、フューン島からユトランド半島へと、アンデルセンは旅に出ました。美しい風土、あらあらしい自然、放浪のジプシーたち、点在する村や町……いろいろな楽しい経験が待ちかまえていました。

旅の終わり近くに、アンデルセンは小さないなか町の学友の家をたずねました。家じゅうの者が喜んで出むかえました。アンデルセンのためにお茶をもてなしてくれたのは、友人の妹リーボルでした。彼女はまだ二十歳《はたち》まえで、あどけない、とび色のふたつの目がアンデルセンの心をとらえました。

ふたりは長いあいだの知り合いででもあるかのように、楽しくほがらかに話し合いました。リーボルはアンデルセンの『徒歩旅行記』の読者でした。尊敬の気持ちをアンデルセンに抱《いだ》いていることが、ことばのはしにも表われていました。近所の女性たちが家にやってきて、アンデルセンをもてなしましたが、アンデルセンの心はリーボルに引きつけられたままでした。リーボルがむじゃきにほおえみ返してくれるのがうれしくて、アンデルセンはひどくおしゃべりになり、みんなにいろいろ話をしてきかせました。

船遊びをしたり、馬車での遠足パーティーに出かけたり、ある家の舞踏会《ぶとう》にリーボルといっしょに招かれたりして、夢のような数日がまたたく間に過ぎていきました。だからといっていつまでもここにとどまるわけにはいきません。アンデルセンは別れを惜《お》しんで、ふたたび馬車に乗って旅立ちました。

コペンハーゲンに帰ってからも、アンデルセンはすっかり恋《こい》のとりこになってしまいました。恋の詩もたくさん書きました。しばらくして、リーボルは目の悪い少女の姉といっしょに、手術のつきそいとしてコペンハーゲンにやってきました。アンデルセンはこの機会に、リーボルの兄である友人に自分の気持ちを打ちあけました。しかし、好意以上のものを持っていると思ってはみても、確かにそうだという答えは、なかなか返ってきません。ふたりきりで話し合う機会もつくれないので、アンデルセンは愛の告白の手紙を書きました。

それに対する返事は、友人からもたらされました。「お別れしたい……」のひとことでした。リーボルには、まえから婚約者《こんやく》がいたのでした。兄たちはこの婚約に反対で、アンデルセンもその事情はきき知っていたのです。心の片すみにあった不安に、目を向けまいとしていたアンデルセンでした。数日後、コペンハーゲンをあとにするリーボルから、別れの手紙が届けられました。短い文の最後には「心からの友情をこめて」と書かれていました（アンデルセンがなくなった時まで首にかけていた小さな革袋《かわぶくろ》の中には、この手紙がしまわれていました。現在はオーデンセのアンデルセン博物館に保存されています）。

ドイツへの旅　一八三一年の春、アンデルセンはドイツ国内への旅へと出発し、はじめてデンマークの地を離《はな》れました。それはリーボルとの悲しい別れの日からいくらもたたない、つまり彼女が結婚式をあげた数日後のことでした。最近に出版した新詩集『幻想《げんそう》とスケッチ』や以前の『徒歩旅行記』までが、その欠点ばかりをひどく批評されて、アンデルセンは日一日と暗い気分に沈《しず》み込んでいました。見るに見かねたコリンが、気分を変えるために旅行に出ることをすすめたのです。

はじめての国外旅行は、深い悲しみを、少しずつやわらげてくれました。生まれてはじめて高い山も見ました。ドレスデンでは、インゲマンの紹介《しょうかい》状によってロマン派の詩人ティーク（一七七三―一八五三）に会いました。別れる時、ティークは詩人として成功するようにと、アンデルセンを励《はげ》ましてくれました。ベルリンでは、エルステッドの紹介状によってシャミッソー（一七八一―一八三八）にも会いました。彼は詩人・植物学者だったばかりでなく、『ペーター・シュレミールのふしぎな話』（『影《かげ》を売った男』）の作者としてヨーロッパじゅうに知られていました。この時の出会いを機に、のちシャミッソーはアンデルセンの詩を翻訳して、はじめてドイツに紹介しました。

ドイツから帰ってくると、約六か月の旅の印象をまとめて『ハルツとザクセン・スイスへの旅の影絵《かげえ》』を出版しました。評判は相変わらずよくありません。これにはアンデルセンも困ってしまいました。アンデルセンはすでに文筆で生活を立てていかなければならなかったからです。服装にしても、かつてのように何でもいいというわけにはいきませんから、なおのことでした。そこで、劇場のための脚本《きゃくほん》をいくつか書きましたが、これがまた不評のたねにされました。

アンデルセンには心の晴れない日がつづきました。こうしたアンデルセンに、深い同情を寄せてくれたのは、ルイゼ・コリンでした。アンデルセンがコリン家に出入りするようになったころにはまだ子どもだったルイゼも、いまではもう十八歳になっていました。そして、アンデルセンの悲しみを慰《なぐさ》めるには、アンデルセンのいうことになんでも耳を傾《かたむ》けることがいちばんだということを知っていました。一八三二年の夏、コリン一家がコペンハーゲン市外へ出かける時、ルイゼは必ず手紙をくれるようにと約束させました。アンデルセンはこの約束を果たそうと手紙を何通も出すうちに、これまでの自分のすべてを知ってもらおうと思いはじめました。そして、誕生からリーボルとの別れに至るまでの自伝を書きあげました(この最初の自伝は出版されることなく、死後発見されました)。こうしたルイゼのやさしい気持ちに接しているあいだに、いつしかひそかな思慕《しぼ》の念が芽生えていました。

6　著作と旅と

イタリアへの旅　あくる年の一月、ルイゼとある青年弁護士との婚約が発表されました。アンデルセンはまだだれにも心の中を打ちあけていませんでしたが、これは再度の苦しみでした。おりから、国王の下賜金《かしきん》による遊学への申請《しんせい》が行なわれており、アンデルセンはさっそく請願書《せいがんしょ》を提出することにしました。なにもかも行きづまってしまったいま、旅行する以外に打開する道はないと思ったからです。

当時デンマークには、優秀《ゆうしゅう》な人材に対して遊学資金が下賜されて、自由になんの制限もなく外国への旅に出ることができる制度がありました。しかし、下賜金を受けるには、有力な人びとのすいせん状が必要でした。日ごろ親しい人たちがことばをつくしたすいせん状を書いてくれました。エーレンシュレーゲルは叙情詩《じょじょうし》の詩才と生《き》まじめな熱心さのあることを、インゲマンは庶民《しょみん》生活の表現力にすぐれていることを、ハイベルは風刺《ふうし》やユーモアにおいてすぐれていることを、エルステッドは敵味方を問わず真の詩人として認めているということを、そしてティーレはデンマーク文学のためにも遊学の機会が与《あた》えられるのが望ましいことを——。

その年の四月二十二日、アンデルセンはコペンハーゲンからドイツ、フランス、スイス、そしてイタリアへと旅立ちました。こんどの旅行は二年間にわたる長い旅でした。パリでは、アンデルセンがウォルター・スコットおよびホフマンとともにもっとも影響《えいきょう》を受けた詩人ハイネとも話を交《か》わすことができました。当時三十一歳のビクトル・ユゴーにも会いました。そして古いデンマークの民謡《みんよう》に取材した劇詩『アグネーテと人魚』を書きはじめ、スイスで完成させて故国へ送りました。これを書きあげることによって、アンデルセンは作品上の転換期《てんかんき》を迎《むか》えたのでした。

九月六日、十四年前ひとりでコペンハーゲンに着いた思い出深い日に、アンデルセンはアルプスのシンプロン峠《とうげ》を越《こ》えてイタリアにはいりました。ミラノ、ジェノバ、フィレンツェ（フローレンス）への道をたどりながら、イタリアの太陽をあび、芸術の世界にひたりました。十月にはローマに着き、この冬をここで過ごしました。故国からの手紙にまじって、『アグネーテと人魚』に対する冷酷《れいこく》な批評も届きました。コリンからは、アンデルセンの母がなくなったという悲しい知らせがきました。ローマにいるデンマークの人たちは、アンデルセンをなぐさめました。ことに彫刻家《ちょうこくか》として名高いトワルセン（一七六八—一八四四）は、自分の不遇《ふぐう》時代を例にしてアンデルセンを励ましました。また、ここ数年アンデルセンに手痛い批評をあびせてきた新進の詩人・劇作家のヘルッ（一七九七―一八七〇）も遊学に来ていて、なかなおりしました。ヘルッはいいました。「君の不運は書いたものをすべて印刷出版しようとしたことです。そんなふうにしていたら、ゲーテのような人でも同じ苦しみを味わったでしょう」

大いなる開花　アンデルセンはローマにいる間に小説を書き始めました。春とともにローマを出発し、さらに南のナポリへ向かいました。ナポリでは盲目《もうもく》の美少女を見かけ、これが書きかけの作品の重要な登場人物のひとりになりました。ナポリの下町ではいかがわしい夜の女に誘惑《ゆうわく》されそうになりましたが、故国のルイゼや親しい人びとを思い出して、身を守りました。一か月ほどの滞在《たいざい》ののち、旅路を北へとり、ローマを経《へ》て故国へと馬車の旅をつづけました。

一八三四年の八月、コペンハーゲンに帰り着いたアンデルセンは、十一月までというもの熱心にペンを走らせました。ローマにいた時、故国からの便りの中に、アンデルセン自身のことを〝即興詩人《そっきょう》〟のようだといった文面がありました。このことばがそのまま新しい小説の題となり、主人公の名まえとして使われたのでした。

さて書き上がったものの、出版してくれる本屋をさがすのがたいへんでした。一般《いっぱん》の評価としては、すでにアンデルセンを見限ろうとする動きさえあったからです。アンデルセンの著作の出版は、本屋にとってもひとつの冒険《ぼうけん》でした。ようやくのことに、アンデルセンの最初の本『徒歩旅行記』を第二版から出したライツェルが引き受けました。アンデルセンが受け取った原稿料《げんこうりょう》もごくわずかなものでした。しかし、とにもかくにも『即興詩人』は世に出たのです。一八三五年九月、アンデルセンが三十歳の日のことでした。

ところが出版されてみると、たちまちのうちに評判となり、すぐさま第二版が出されました。これまでアンデルセンを攻撃《こうげき》してきた人でさえも、称賛《しょうさん》のことばを寄せてくるというしまつです。しかし、デンマークの批評界《ひひょうかい》がほんとうに『即興詩人』の価値を認めたのは、数年後のことでした。『即興詩人』は本国でよりも、ヨーロッパ各国でさかんに読まれました。ドイツ語、スウェーデン語、ロシア語、英語と、つぎつぎに翻訳《ほんやく》されていきました。

『即興詩人』は、アンデルセンの出世作であり代表作となった作品ですが、この同じ年の暮れには『子どものために語られた童話集』の第一集と第二集が出版されました。当時はろくろく世評にものぼらず、人によっては、「こんな子どもじみた仕事などして……」と残念がるしまつでしたが、童話執筆《しっぴつ》に手を染《そ》めたことは、当初アンデルセン自身が自覚できなかった大きな意義をはらんでいました。第一集には、民話に取材した『火打箱』『小クラウスと大クラウス』『えんどう豆の上にねたお姫《ひめ》さま』の三編と、創作『イーダちゃんの花』が収められており、第二集には、創作『おやゆび姫』と寓話《ぐうわ》や伝説に取材した『いたずらっ子』『旅のみちづれ』がはいっています。

　詩人で友人のティーレの家にたずねて行った時、幼い娘《むすめ》のイーダが、お話をしてほしいとせがみました。アンデルセンは、コペンハーゲンの植物園の花を題材にして、思いつくままの話をきかせてやりました。これが『イーダちゃんの花』です。このように、アンデルセンは創作《そうさく》童話の中で、のびのびと自分の空想をひろげました。そしてしだいに、自分の考えを織り込んで書くようになりました。子どものころから空想ずきだったアンデルセンは、『即興詩人』以後に書いたいくつかの小説よりも、童話のなかでもっとすぐれた結《けっ》晶《しょう》をつくり出すことができたのでした。

　一八三七年には、第三集として『人魚姫』と『はだかの王様』が発表されました。以後毎年のように、クリスマスの子どもたちへの贈《おく》り物として童話集が刊行されました。『絵のない絵本』は一八三九年、三十四歳のときの作品です。

旅と栄光と　『即興詩人』がイタリアへの旅によって生まれたように、アンデルセンは多くの旅によって、たくさんのものを吸収しました。みずから「旅は人生の学校だ」ともいっています。これほど旅に明け暮れた作家は、まず見当たらないといえましょう。アンデルセンは少年時代からそうであったように、人にほめられると明るく陽気になり、少しでもくさされたりすると暗い気分に落ち込んでしまうのでした。こうした自分を転換《てんかん》していくためにも旅は必要でした。しかも、三十八歳のときには歌姫《うたひめ》ジェニー・リンドに寄せた恋《こい》の思いもむなしく、終生独身であったアンデルセンにとって、ほんとうに腰《こし》を落ち着けられる家庭がなかったことも、旅と大きな関係があったように思われます。また、アンデルセンは旅に出ることによって、当代の著名な作家・詩人と交わりを結びました。すでに名まえをあげた人びとのほかに、偉大《いだい》な音楽家リスト、『三銃士《さんじゅうし》』の作家大デューマ、シューマン夫妻、グリム兄弟、さらにディッケンズ……旅先で訪問しただけの人びとの名まであげていてはきりがありません。

一方、生活の面では、『即興詩人』や『童話集』が出版されたからといっても、なかなか苦しいものでした。当時、フレデリック六世国王の治下にあっては、一定の官職からの収入のない芸術家には年金が下賜《かし》される制度がありました。エーレンシュレーゲル、インゲマン、ハイベルといった人たちも重要な詩人として年金を受けていました。アンデルセンは、ヘルツも年金を受けるようになったのを知って、自分もその栄に浴したいと願い出ました。コリンとエルステッド、それに『即興詩人』の愛読者であったデンマーク首相《しゅしょう》らの尽力《じんりょく》によって、一八三八年以降、アンデルセンは年金を受け、生活の安定をはかることができました。それまでのように生活の資を得るために書く必要はなくなったのです。

四十歳を過ぎたアンデルセンは、どこへ行ってもデンマークの代表的詩人として遇《ぐう》されました。あるときは、国王のお伴《とも》をして船旅で北海旅行にも行きました。一八五一年、四十六歳の時には、年金がさらに増額されたうえ、名誉《めいよ》ある〝教授〟の称号《しょうごう》が国王から与《あた》えられました。この翌年には、デンマークにおいてアンデルセン全集が刊行されはじめました。

一八六七年、六十二歳になったアンデルセンは、四月と九月の二回もパリの万国《ばんこく》博覧会を見物に出かけるほど元気でした。この年の十二月には、故郷オーデンセに招かれ、市役所の大ホールで名誉市民の称号が贈られました。夜ともなると、人びとがたいまつをかざして市役所まえの広場に集まり、アンデルセンをたたえる歌をうたいました。この年すでに枢密《すうみつ》顧問《こもん》官《かん》に任命されていたアンデルセンは、フレデリック七世国王からの祝電も受けました。

それからのちも、アンデルセンは旅に出かけ、イプセンやビョルンソンとも会いました。しかししだいに健康がすぐれなくなり、旅は療養《りょうよう》をかねたものとなりました。一八七二年に刊行された童話集が創作活動の最後のもので、病気がちの一、二年が過ぎました。一八七四年、六十九歳のアンデルセンは宮中顧問官に任命され、翌年の四月二日、七十歳の誕生日には国の内外から盛大なお祝いを受けました。そのころから急にアンデルセンの病状が悪化していきました。

一八七五年八月四日、看病《かんびょう》のためにつきそっていたメルキオル夫人が、「よくおやすみになっている……」と、病床《びょうしょう》のそばからはなれているちょっとの間に、アンデルセンは安らかに昇天《しょうてん》したのでした。午前十一時をまわったところでした。

訳者あとがき

角川文庫版の『絵のない絵本』が当時の編集担当者鎗田さんの尽力で世に出たのは、昭和二十五年十一月のことだったから、あれからちょうど満十八年の歳月がたったわけである。そのときの解説に、「この『絵のない絵本』が、わたしのようにともすれば美しい夢を忘れがちなおとなには、もういちど楽しかった子供のころの思い出をよみがえらせ、まだ小さい少年少女のかたたちには、あたかも森のかなたからひびいてくる、すずしいかねの音色《ねいろ》をきくように、未来のきよらかなのぞみに心をふくらませる、そうしたふしぎないとなみをはたすことができたら、どんなにうれしく楽しかろうと、わたしもまた子供らしい夢をいだきながら、この解説をしたためました」と、書きしるしたことだったが、この改版の校正を終わるにあたっての感想にも、いささかの変化はないのである。訳者はこれまで多くの翻訳を手がけてきたが、そのなかにはつらく苦しくうっとうしく筆を折りたい衝動《しょうどう》にかられた場合も一、二度ではなかった。しかしアンデルセンの『絵のない絵本』はまったく別なのである。これはまた楽しくてうれしくてというほかはなかった。さいわい売れ行きも上々で、三十版めから改版のはこびになった。なんともいえない喜びである。世は騒然《そうぜん》として、おもしろくないことの連続だが、生きているとたまにはよい目にもあえるというしあわせを、いましみじみとかみしめている。

今度の改版にあっては、角川書店の編集部が、まことにきめこまかい配慮《はいりょ》をしてくださった。お礼の申しあげようもないと思っている。わけても、巻末に添《そ》えた「さすらいの旅路―アンデルセンの伝記―」は、その多くを詩人桜井信夫氏のご援助《えんじょ》に負ったのであり、ここに略記して感謝のことばとしたい。もう一度くりかえすが、なにもかもありがたいことだらけである。

昭和四十三年十一月二十一日

川崎　芳隆

絵《え》のない絵本《えほん》

アンデルセン　川崎芳隆《かわさきよしたか》＝訳

昭和25年 11月20日　初版発行
平成22年 6月25日　改版初版発行
令和 7 年 6月20日　改版24版発行

発行者●山下直久

発行●株式会社KADOKAWA
〒102-8177　東京都千代田区富士見2-13-3
電話　0570-002-301（ナビダイヤル）

角川文庫 16287

印刷所●株式会社KADOKAWA
製本所●株式会社KADOKAWA

表紙画●和田三造

●お問い合わせ
https://www.kadokawa.co.jp/（「お問い合わせ」へお進みください）
※内容によっては、お答えできない場合があります。
※サポートは日本国内のみとさせていただきます。
※Japanese text only

Printed in Japan
ISBN978-4-04-216505-7　C0197

◆◇◇

角川文庫発刊に際して

角川源義

第二次世界大戦の敗北は、軍事力の敗北であった以上に、私たちの若い文化力の敗退であった。私たちの文化が戦争に対して如何に無力であり、単なるあだ花に過ぎなかったかを、私たちは身を以て体験し痛感した。西洋近代文化の摂取にとって、明治以後八十年の歳月は決して短かすぎたとは言えない。にもかかわらず、近代文化の伝統を確立し、自由な批判と柔軟な良識に富む文化層として自らを形成することに私たちは失敗して来た。そしてこれは、各層への文化の普及滲透を任務とする出版人の責任でもあった。

一九四五年以来、私たちは再び振出しに戻り、第一歩から踏み出すことを余儀なくされた。これは大きな不幸ではあるが、反面、これまでの混沌・未熟・歪曲の中にあった我が国の文化に秩序と確たる基礎を齎らすためには絶好の機会でもある。角川書店は、このような祖国の文化的危機にあたり、微力をも顧みず再建の礎石たるべき抱負と決意とをもって出発したが、ここに創立以来の念願を果すべく角川文庫を発刊する。これまで刊行されたあらゆる全集叢書文庫類の長所と短所とを検討し、古今東西の不朽の典籍を、良心的編集のもとに、廉価に、そして書架にふさわしい美本として、多くのひとびとに提供しようとする。しかし私たちは徒らに百科全書的な知識のジレッタントを作ることを目的とせず、あくまで祖国の文化に秩序と再建への道を示し、この文庫を角川書店の栄ある事業として、今後永久に継続発展せしめ、学芸と教養との殿堂として大成せんことを期したい。多くの読書子の愛情ある忠言と支持とによって、この希望と抱負とを完遂せしめられんことを願う。

一九四九年五月三日

角川文庫海外作品

小さい人魚姫
アンデルセン童話集

アンデルセン
山室　静＝訳

人間の王子に恋をした美しい人魚姫は、魔女に頼み、美しい声と引きかえに足を手に入れる。王子と結婚できなければ海の泡と消えてしまう人魚姫は……表題作ほか、「親指姫」など初期代表作12話を収録。

雪の女王
アンデルセン童話集

アンデルセン
山室　静＝訳

物がゆがんで見えるようになる悪魔の鏡のかけらが刺さったカイ。すっかり人が変わってしまった彼は美しい雪の女王に連れ去られてしまう。仲よしの少女ゲルダは彼を探して旅にでるが……中期代表作10話収録。

十五少年漂流記

ジュール・ヴェルヌ
石川　湧＝訳

荒れくるう海を一隻の帆船がただよっていた。乗組員は15人の少年たち。嵐をきり抜け、なんとかたどりついたのは故郷から遠く離れた無人島だった――。冒険小説の巨匠ヴェルヌによる、不朽の名作。

八十日間世界一周

ジュール・ヴェルヌ
江口　清＝訳

十九世紀のロンドン。八十日間で世界一周ができることに二万ポンドを賭けたフォッグ卿は、自ら立証の旅に出る。汽船、列車、象、ありとあらゆる乗り物を駆って波瀾に富んだ旅行が繰り広げられる傑作冒険小説。

海底二万里（上）

ジュール・ヴェルヌ
渋谷　豊＝訳

1866年、大西洋に謎の巨大生物が出現した。アメリカ政府の申し出により、アロナックス教授は、召使いのコンセイユとともに怪物を追跡する船に乗り込む。順調な航海も束の間、思わぬ事態が襲いかかる……。

角川文庫海外作品

海底二万里（下）

ジュール・ヴェルヌ
渋谷　豊＝訳

未来の科学技術を結集した潜水艦ノーチラス号。その潜水艦は、謎めいたネモ艦長が率いていた。彼に言われるがままに世界の海を巡ることになったアロナックス教授たちを待っていたのは波乱万丈な冒険だった。

地底旅行

ジュール・ヴェルヌ
石川　湧＝訳

リデンブロック教授とその甥アクセルは、十二世紀アイスランドの本にはさまれていた一枚の紙を偶然手にする。そこに書かれた暗号を解読した時、「地底」への冒険の扉が開かれた！

青春とは、心の若さである。

サムエル・ウルマン
作山宗久＝訳

年を重ねただけでは人は老いない。人は理想を失うとき初めて老いる。温かな愛に満ち、生を讃える詩の数々。困難な時代の指針を求めるすべての人へ贈る、珠玉の詩集。

若草物語

L・M・オルコット
吉田勝江＝訳

舞台はアメリカ南北戦争の頃のニューイングランド。マーチ家の四人姉妹は、従軍牧師として戦場に出かけた父の留守中、優しい母に見守られ、リトル・ウィメン（小さくも立派な婦人たち）として成長してゆく。

続　若草物語

L・M・オルコット
吉田勝江＝訳

夢を語りあった幼い頃の日々は過ぎ去り、厳しい現実が四人姉妹を待ち受ける。だが、次女ジョーは母に励まされて書いた小説が認められ、エイミーとローリーは婚約。姉妹は再び本来の明るい姿を取り戻し始める。

角川文庫海外作品

第三若草物語　L・M・オルコット　吉田勝江＝訳

わんぱく小僧のトミー、乱暴者のダン、心優しいデミとデイジー、おてんばなナン……子どもたちの引き起こす事件でプラムフィールドはいつも賑やか。心温まる名作。

第四若草物語　L・M・オルコット　吉田勝江＝訳

前作から10年。プラムフィールドは大学に、子供たちは個性的な紳士淑女となり、プラムフィールドから巣立っていった――。四姉妹から始まった壮大なマーチ家の物語が、ついに迎える終幕。

アメリカン・ゴッズ（上）（下）　ニール・ゲイマン　金原瑞人・野沢佳織＝訳

待ちに待った刑務所からの出所日目前、シャドウはこう告げられた。愛する妻が自動車事故で亡くなったと。妻は親友と不倫をしていた。絶望に沈むシャドウに持ちかけられた奇妙な仕事とは？　ゲイマン最高傑作！

アルケミスト　夢を旅した少年　パウロ・コエーリョ　山川紘矢・山川亜希子＝訳

羊飼いの少年サンチャゴは、アンダルシアの平原からエジプトのピラミッドへ旅に出た。錬金術師の導きと様々な出会いの中で少年は人生の知恵を学んでゆく。世界中でベストセラーになった夢と勇気の物語。

星の巡礼　パウロ・コエーリョ　山川紘矢・山川亜希子＝訳

神秘の扉を目の前に最後の試験に失敗したパウロ。彼が奇跡の剣を手にする唯一の手段は「星の道」という巡礼路を旅することだった。自らの体験をもとに描かれた、スピリチュアリティに満ちたデビュー作。

角川文庫海外作品

ピエドラ川のほとりで私は泣いた

パウロ・コエーリョ
山川紘矢・山川亜希子＝訳

ピラールのもとに、ある日幼なじみの男性から手紙が届く。久々に再会した彼から愛を告白され戸惑うピラール。しかし修道士でヒーラーでもある彼と旅するうちに、彼女は真実の愛を発見する。

第五の山

パウロ・コエーリョ
山川紘矢・山川亜希子＝訳

混迷を極める紀元前9世紀のイスラエル。指物師として働くエリヤは子供の頃から天使の声を聞いていた。だが運命はエリヤのささやかな望みをかなえず、苦難と使命を与えた……。

ベロニカは死ぬことにした

パウロ・コエーリョ
江口研一＝訳

ある日、ベロニカは自殺を決意し、睡眠薬を大量に飲んだ。だが目覚めるとそこは精神病院の中。後遺症で残りわずかとなった人生を狂人たちと過ごすことになった彼女に奇跡が訪れる。

悪魔とプリン嬢

パウロ・コエーリョ
旦　敬介＝訳

「条件さえ整えば、地球上のすべての人間はよろこんで悪をなす」悪霊に取り憑かれた旅人が、山間の田舎町を訪れた。この恐るべき考えを試すために――。

11分間

パウロ・コエーリョ
旦　敬介＝訳

セックスなんて11分間の問題だ。脱いだり着たり意味のない会話を除いた〝正味〟は11分間。世界はたった11分間しかかからない、そんな何かを中心にまわっている――。

角川文庫海外作品

ザーヒル

パウロ・コエーリョ
旦　敬介＝訳

満ち足りた生活を捨てて突然姿を消した妻。彼女は誘拐されたのか、単に結婚生活に飽きたのか。答えを求め、欧州から中央アジアの砂漠へ、作家の魂の彷徨がはじまった。コエーリョの半自伝的小説。

ポルトベーロの魔女

パウロ・コエーリョ
武田千香＝訳

悪女なのか犠牲者なのか。詐欺師なのか伝道師なのか。実在の女性なのか空想の存在なのか――。謎めいた女性アテナの驚くべき半生をスピリチュアルに描く傑作小説。

ブリーダ

パウロ・コエーリョ
木下眞穂＝訳

アイルランドの女子大生ブリーダの、英知を求めるスピリチュアルな旅。恐怖を乗り越えることを教える男と、魔女になるための秘儀を伝授する女がブリーダを導く。愛と情熱とスピリチュアルな気づきに満ちた物語。

ヴァルキリーズ

パウロ・コエーリョ
山川紘矢・山川亜希子＝訳

『アルケミスト』の執筆後、守護天使と話すという課題を師から与えられたパウロは、天使に会う条件を知る〝ヴァルキリーズ〟という女性集団と過酷な旅を続けるが……『星の巡礼』の続編が山川夫妻訳で登場！

ザ・スパイ

パウロ・コエーリョ
木下眞穂＝訳

1917年10月15日パリ。二重スパイの罪で銃殺刑となった謎の女性マタ・ハリ。その美貌と妖艶な踊りで多くの男たちを虜にした彼女の波乱に満ちた人生を、世界的ベストセラー作家が鮮やかに描いた話題作！

角川文庫海外作品

不倫
パウロ・コエーリョ
木下眞穂＝訳

優しい夫に2人の子ども、ジャーナリストとしての仕事。誰もが羨む暮らしを送る一方で、孤独や不安に苛まれていたとき再会したかつての恋人……。背徳の関係さえも、真実の愛を学ぶチャンスだったのだ——。

マリー・アントワネット (上)(下)
シュテファン・ツヴァイク
中野京子＝訳

運命というものは、人間になんと非情な試練を与えることだろう——ただ愛らしく平凡な娘だったアントワネットの、歴史に翻弄された激動の人生を、壮大な悲劇の物語として世界に知らしめた、古典的名著。

シャーロック・ホームズの冒険
コナン・ドイル
石田文子＝訳

世界中で愛される名探偵ホームズと、相棒ワトスン医師の名コンビの活躍が、最も読みやすい最新訳で蘇る！　女性翻訳家ならではの細やかな感情表現が光る「ボヘミア王のスキャンダル」を含む短編集全12編。

シャーロック・ホームズの回想
コナン・ドイル
駒月雅子＝訳

ホームズとモリアーティ教授との死闘を描いた問題作「最後の事件」を含む第2短編集。ホームズの若き日の冒険など、第1作を超える衝撃作が目白押し。発表当時に削除された「ボール箱」も収録。

緋色の研究
コナン・ドイル
駒月雅子＝訳

ロンドンで起こった殺人事件。それは時と場所を超えた悲劇の幕引きだった。クールでニヒルな若き日のホームズとワトスンの出会い、そしてコンビ誕生の秘話を描く記念碑的作品、決定版新訳！

角川文庫海外作品

四つの署名

コナン・ドイル
駒月雅子＝訳

シャーロック・ホームズのもとに現れた、美しい依頼人。彼女の悩みは、数年前から毎年同じ日に大粒の真珠が贈られ始め、なんと今年、その真珠の贈り主に呼び出されたという奇妙なもので……。

バスカヴィル家の犬

コナン・ドイル
駒月雅子＝訳

魔犬伝説により一族は不可解な死を遂げる——恐怖の呪いが伝わるバスカヴィル家。その当主がまたしても不審な最期を迎えた。遺体発見現場には猟犬の足跡が……謎に包まれた一族の呪いにホームズが挑む！

シャーロック・ホームズの帰還

コナン・ドイル
駒月雅子＝訳

宿敵モリアーティと滝壺に消えたホームズが驚くべき方法でワトスンと再会する「空き家の冒険」、華麗な暗号解読を披露する「踊る人形」、恐喝屋との対決を描いた「恐喝王ミルヴァートン」等、全13編を収録。

シャーロック・ホームズ 最後の挨拶

コナン・ドイル
駒月雅子＝訳

引退したホームズが最後に手がけた、英国のための一仕事とは（表題作）。姿を見せない下宿人を巡る「赤い輪」、ホームズとワトソンの友情の深さが垣間見える「悪魔の足」や「瀕死の探偵」を含む必読の短編集。

恐怖の谷

コナン・ドイル
駒月雅子＝訳

ホームズの元に届いた暗号の手紙。解読するも、記されたサセックス州の小村にある館の主は前夜殺害されていた！　事件の背後にはモリアーティ教授の影。捜査に乗り出したホームズは、過去に事件の鍵を見出す。

角川文庫海外作品

シャーロック・ホームズの事件簿

コナン・ドイル
駒月雅子＝訳

橋のたもとで手紙を握ったまま銃殺された、金鉱王の妻。美しい家庭教師が罪に問われる中、ホームズが常識破りの推理を始める「ソア橋の事件」。短編全12編を収録。新訳シリーズ、堂々完結！

完訳ギリシア・ローマ神話 (上)(下)

トマス・ブルフィンチ
大久保　博＝訳

すべての大いなる物語は、ここに通じる——。西欧文化の源流である、さまざまな神話や伝説。現代に息づくその精神の真髄を平易な訳で、親しみやすく紹介する。めくるめく壮大な物語がつまった、人類の遺産。

新訳少女ポリアンナ

エレナ・ポーター

両親をなくし、ひとりぼっちで気むずかしい叔母の家に引き取られた少女・ポリアンナ。亡き父との約束「嬉しい探しゲーム」を通して、町中の人たちや、かたくなだった叔母の心をとかしていく……。

パレアナの青春

エレナ・ポーター
村岡花子＝訳

美しい青春の日々を迎えたパレアナ。いつでも喜ぶということは決して単なるお人好しで出来ることではなく、常に強い意志と努力が必要だということをポーター女史は、パレアナを通して語りかける。

アンの青春

モンゴメリ
中村佐喜子＝訳

マシュウおじさんの死によって大学進学を一旦諦めたアンは、村の小学校の先生になり、孤児の双子を引き取ったり村の改善会を作ったり、友人の恋の橋渡しをすることに。アンの成長を見守る青春篇。

角川文庫海外作品

アンの愛情
モンゴメリ
中村佐喜子＝訳

レドモンドの学生となり、村の人々との名残を惜しみながら友人との新しい下宿生活を始めるアン。彼女を愛し続けながらも友人として寄り添ってきたギルバートと、ついに大きな運命の分かれ道を迎える――。

青い城
モンゴメリ
谷口由美子＝訳

内気で陰気な独身女性・ヴァランシー。心臓の持病で余命1年と診断された日から、後悔しない毎日を送ろうと決意するが……周到な伏線と辛口のユーモアに彩られ、夢見る愛の魔法に包まれた究極のロマンス！

もつれた蜘蛛の巣
モンゴメリ
谷口由美子＝訳

一族の誰もが欲しがる家宝の水差し。その相続を巡って、結婚や離婚、恋や駆け引きなど様々な思惑が複雑に交錯する。やがて水差しの魔力は一同をとんでもない事件へと導くが……モンゴメリ円熟期の傑作。

ストーリー・ガール
モンゴメリ
木村由利子＝訳

ベブとフェリックスの兄弟がプリンス・エドワード島で出会ったのは少し大人びた不思議な雰囲気の少女。美しい島の四季と共に成長する多感な少年少女たちの日々を描く『赤毛のアン』の姉妹編ともいえる人気作。

黄金の道
ストーリー・ガール2
モンゴメリ
木村由利子＝訳

子犬のように仲良くじゃれあう仲間達も、今年は少し大人びて、恋の話に冷静ではいられなくなる。未来への希望と成長の痛み、そして初めての別れを美しいプリンス・エドワード島の四季と共に描く青春小説。